汤姆·斯威夫特和宇航员

【英】维克多·阿普尔顿Ⅱ 文
燕锐锋 等图
刘庆双 等译

江西·南昌
江西科学技术出版社

图书在版编目（CIP）数据

汤姆·斯威夫特和宇航员 / (英) 维克多·阿普尔顿Ⅱ文；燕锐锋等图；刘庆双等译. -- 南昌：江西科学技术出版社, 2018.3（2024.1重印）
（汤姆·斯威夫特丛书）
ISBN 978-7-5390-5878-8

Ⅰ. ①汤… Ⅱ. ①维… ②燕… ③刘… Ⅲ. ①儿童故事－英国－现代 Ⅳ. ①I561.85

中国版本图书馆CIP数据核字(2017)第046829号

国际互联网(Internet)地址：http://www.jxkjcbs.com
选题序号：KX2016069
责任编辑：郭绪书
特约编辑：熊 玮

汤姆·斯威夫特和宇航员
TANGMU SIWEIFUTE HE YUHANGYUAN

〔英〕维克多·阿普尔顿Ⅱ 文；
燕锐锋 等图；刘庆双 等译

出版发行	江西科学技术出版社
社址	南昌市蓼洲街2号附1号 邮编：330009 电话：（0791）86623491 86639342（传真）
印刷	三河市嵩川印刷有限公司
经销	各地新华书店
开本	700mm × 1000mm 1/16
字数	114千字
印张	11
版次	2018年3月第1版 2024年1月第2次印刷
书号	ISBN 978-7-5390-5878-8
定价	39.00元

赣版权登字-03-2017-53

前言 QIANYAN

人总是离不开阅读，特别是在现代化信息时代，阅读无疑更是我们难求的一片宁静港湾，让我们有机会去感受、去体悟、去反思、去认证我们的这个世界和未来的世界。

科幻小说是一种起源于近代西方的文学体裁，在尊重科学结论的基础上进行合理设想后形成的文学作品，具备“逻辑自洽”“科学元素”“人文思考”三个要素。科幻小说与一般的传统小说不同，其特殊性在于它与科学技术的发展有着直接的联系，能让读者间接了解到科学原理。但它又是一种文艺创作，它扎根于社会现实，反映社会现实中的矛盾和问题，在科学技术发展的方向上，提供若干有参考价值的预见。有时，某些科学发明尚未出现，科幻小说里则已经进行生动的描绘，如潜水艇、机器人和宇宙航行等。

著名文学评论家布哈伊·哈桑曾说，科幻小说可能在哲学上是天真的，在道德上是简单的，在美学上是有些主观的，或粗糙的，但就它最好的方面而言，它似乎触及了人类集体梦想的神经中枢，解放出我们人类这具机器中深藏的某些幻想。

阅读科幻小说至少让我们有如下的感受：

一、文学的轻松愉悦

科幻小说的主题非常明显，它会涉及“未来”和“未知”、“科学”和“规律”、“生命”和“文明”、“生存”和“冒险”等等，每一本科幻小说都是一个全新的世界，每一次阅读都是一段全新、充满惊喜的精神旅程。

二、科学与严谨的想象

爱因斯坦说过，想象力比知识更重要，因为知识是有限的，而想象力概括着世界上的一切，推动着进步，并且是知识进化的源泉。通过阅读科幻小说，感悟其中的想象力，在人文、哲理的思索上，在思想道德意识的增强上所起到的作用是潜移默化的、是发散性的，其威力是不可估量的。

三、引发科学与理性的思考

科幻小说中的“科学方法”是一种有系统地寻求知识的程序，涉及“问题的认知与表述”“观察与实验搜集证据”“假说的构成与测试”。简单地说就是一个科学理论要经过观察、解释、预测、确认、评估、发表的程序，才能从一个假设发展成原理。科幻小说的“理性思考”就是遵从客观规律、进行逻辑分析的思考方式。

《汤姆·斯威夫特》系列曾是国外流行的科普小说，书中很多的科幻内容今天都已经变成了现实，它曾影响了几代读者，它伴随了很多人的成长。现以中文出版此书，相信书中的情节与科学，也会给中国读者带来同样的快乐体验。

目录 MULU

第一章 空中海盗

“什么情况？一个新的太空项目？”巴德·巴克利急切地问道。

小汤姆·斯威夫特点了点头,说：“我正试着改进太空旅行的方式——一种能削减费用的方式。”

这个瘦高的年轻发明家坐在斯威夫特企业集团超现代的玻璃实验室里。汤姆尽管只有18岁，却是一个经历了多次惊险太空旅行的老手。

“说详细点，伙计！”巴德央求着，“有灵感了吗？”深色头发的巴德身材健硕，是汤姆的副驾驶员，也是他最好的朋友。

“嗯。好吧，我觉得我有一个……”

此时，电话铃声响起，打断了汤姆的话。他接起电话：“我是小汤姆·斯威夫特，请讲。”

接起电话后，汤姆瞬间脸色苍白，说：“什么！‘海洋战马’被盗了？”

他那钢青色的眼睛发出光芒，在惊慌中与巴德四目相对。“海洋战马”是斯威夫特企业集团一艘最新远洋实验船，刚刚才建成下水。它配有装备完善的实验室，一个作为飞机跑道的舱板，以及一个独特的钢索传动宇宙飞船发射台，这些配置远远超越了海上任何一艘科学实验船。

“说详细点，哈伦！”汤姆简短地说道。哈伦·艾姆斯是斯威夫特企业集团安保部的主管。

“就在一分钟前，从费林岛火箭基地发来了消息。‘海洋战马’的全体船员都被烟熏倒，漂流在海面上。幸运的是，船长还有个小型便携式发射器，能够通过无线电与外界联络。”

“他发了他的地理位置了吗？”

“是的，机长。”

“有铅笔记录吗？”

哈伦报告出经度与纬度，汤姆记录下数字。

“这是我们能够得到的全部信息。”哈伦补充说，“那之后，信号就中断了。”

“好吧。命令基地派遣所有可用的水上直升机和普通飞机到该区域进行搜索营救。”汤姆说，“我会尽快从这里出发。”

他挂断电话后，就给在公司办公室的父亲老汤姆·斯威夫特拨去电话。这位老科学家听到这一消息后震惊了，只是简短地说了句：“儿子，我们马上到直升机机场见面！”

汤姆和巴德冲出实验室，跳上一辆吉普，往斯威夫特企业集团飞机场驶去。汽车飞速驶过占地面积巨大的试验站，因为时间紧迫，他们根本没时间讨论在实验室里发生的神秘事情。

几分钟后，直升机加满了油准备起飞。这架改良过的飞机名叫“旋转小鸭”，是汤姆早些时候的发明。它的脉动式喷气发动机旋翼可让飞机垂直上升或在空中盘旋，当飞机飞行平稳后，旋翼则可平滑地收回机身，这时它便可作为超音速飞机使用。

“儿子，你知道船员的地理位置吗？”他们爬进直升机机舱的时候，斯威夫特先生问道。这位著名的科学家和他儿子一样消瘦，但比他儿子稍稍矮了些。

汤姆核对了航海图上的经纬度。“在巴沃地海峡西南方大约80千米处。”他回答说，“但是根据船长的最后位置来看，他可能已经死了。”

汤姆调节控制杆，“旋转小鸭”径直飞向了天空。不一会儿，他们就朝着加勒比海的方向，以超音速冲向大西洋上空。

半个小时后，绿色海岸线已隐约映入他们眼中。

靠近巴沃地海峡的时候，汤姆降低了飞机的高度。这时，另外几架飞机出现在视野里，不过在远处的天空中只是几个小点。巴德用双筒望远镜认出其中三架是费林岛执行搜索任务的飞机。

“有两个是斯威夫特的喷气式飞机。”他说，“在下面晃动的那个正是‘海洋猎犬’！”

“海洋猎犬”是汤姆制作精良的水上水下两用直升机中的一架，它结合了潜水艇和飞机的功能，是一艘原子能动力船。它能飞行、盘旋或者潜入海洋深处。

汤姆打开无线电广播，说：“我是小汤姆，呼叫所有营救飞机！要随时报告遇难者的踪迹！”

“只要所给的地理位置接近准确位置，我们就不会落下‘海洋战马’的任何船员！”斯威夫特先生焦急地喃喃自语，他用双筒望远镜扫视着下方的海洋。

“我是戴维斯，呼叫汤姆！……机长，我找到他们了！”

斯利姆·戴维斯驾着海洋直升机，当他的声音通过无线电传来时，在直升机上的三个人顿时充满了希望。

“斯利姆，把方位发给我们！”汤姆立即说道。

“195度……从这里直接飞到他们那里应该需要大概2分钟！”

斯利姆的飞机立即转了个大弯，朝着偏南方向加速驶去。他们看见斯利姆的飞机留下了水汽尾迹。

当看到其他的喷气式飞机和海洋直升机聚集在一起时，他们的直升机跟了过去。片刻后，他们便看见无桨救生船在蓝色水波中晃动着。“海洋猎犬”降落到水面，开始将飘在水上的船员接到船上。

汤姆降低直升机飞到水上直升机上方说："巴德，你来驾驶！"

"好嘞！"

汤姆从机舱投下尼龙绳梯，顺梯爬到"海洋猎犬"的机舱口。斯威夫特先生跟在后面。

他们登上海洋直升机，看到船长和他的船员们已经在享用着大杯热咖啡了。尽管他们胡子拉碴，身上很脏，但是他们看起来并未因短暂而痛苦的经历受到影响。

"感谢上帝，你们都安全了！"斯威夫特先生大声地说。当他扫视这些露齿谈笑的伟大船员们时，眼中充满了欣慰。

汤姆和他的父亲热情地同每个人握手。"有力气和我们讲讲这个事情吗？"汤姆问船长。船长身材消瘦，尽管他40岁了，但看着比实际年龄年轻。

"据我所知，"船长回答说，"就在昨晚八点换岗时，飞来几架飞机，机身没有任何标志，朝我们投下至少三枚炸弹。"

他继续讲着，说这几枚炸弹就在甲板上燃烧起来，冒出团团烟雾，船上的每个人都昏了过去。等船长与船员醒来时，已经是大白天了，他们发现自己在救生船上漂流着，没有船桨，"海洋战马"不见了。

"所以你们也没有线索——不知道这些空中海盗可能会是

谁？”斯威夫特先生问道，他眉头紧锁，又气愤又困惑。

“先生，一点线索都没有。”船长回答说。

“我们现在最好注意安全防范！”汤姆坚决地说。

汤姆很快用水上直升机的无线电联系上哈伦·艾姆斯，通知他“海洋战马”的船员都获救了，随后汤姆描述了船长的经历。

哈伦很困惑。“听起来太不可思议了。”他说，“我已经向海岸警卫队和海军发出了警报，也给商船和商务飞机发送了‘海洋战马’被盗的消息，并提醒了他们注意防范，但是到目前还没有消息。”

“很好，哈伦。我们保持联系。”汤姆挂断无线电。

一个紧急会议过后，斯威夫特父子决定将船员送回费林岛进行一次体检。同时，汤姆和巴德将会回到“海洋猎犬”上，带领其他人对被劫走的实验船进行搜索。

“我认为我们的飞机应该分散开来，向北或者向东北，对大西洋水域进行地毯式搜索。”汤姆沉思着说。

“为什么？”斯威夫特先生问道。

汤姆指着铺在“海洋猎犬”海图桌上的地图说：“船长所报告的位置是根据事情发生地点所估算的，对吧？”

船长点了点头。

“但是我们是在距离那里往南大约160千米处找到他们的，

我猜是那些海盗故意将他们向南移动，之后让他们漂流的，这样让我们以为他们把‘海洋战马’带向加勒比海腹地。也就是说，他们走的应该是相反的方向——北边或者是东边。”

“很有见解，儿子。”斯威夫特先生欣慰地微笑着说，“我十分赞同这个想法。”

这时，一架喷气式货机前来援助，飞机在空中盘旋，把船员们一个个接上飞机。同时，斯威夫特先生接替了在直升机上的巴德，说会驾驶它飞回肖普顿。

巴德一登上水上直升机，汤姆就用无线电向其他的飞机发布命令，开始了寻找“海洋战马”的行动。几个小时过去了，搜索队伍扫遍了加勒比海的北部和东部的水域。偶尔瞥见一艘经过的船，就会有一架飞机迅速飞去，以便能在近处查看一番。因为汤姆觉得海盗可能不走常规航道，所以他们主要的搜索模式就是停留在海洋的大片宽阔海域上空。

多数时候，汤姆依靠直觉来指挥，他引导搜索飞机渐渐向北靠拢。喷气式飞机时不时就会脱离部队，返回基地加油。而海洋直升机由于以原子能为动力，所以能够一直飞行。

傍晚，在地毯式搜索了一遍加勒比海以北的海域后，搜索队伍返回原来的位置，之后一队人马朝着费林岛火箭基地飞回。

“嘿，机长，我好像看到它了！”巴德突然大喊一声。他

两眼紧盯着功能强大的双筒望远镜，朝着西北方向看去。

汤姆立即加速，驾驶着“海洋猎犬”朝巴德所指的方向冲去。但他们到达时，除了海面上方不远处的一片积云，什么都没看到。

搜索行动持续了一整晚，一直到第二天早晨。到下午晚些时候，汤姆准备放弃了。他灰心丧气地通过无线电发布了命令，要求放弃搜索，返航回距离大西洋海岸几千米的费林岛。

汤姆在费林岛火箭基地给家里打了电话，然后和巴德乘坐“特种鸽子”返回了肖普顿。“特种鸽子”是由斯威夫特公司制造的一架流线型的小客机。

“伙计，还是和我回家吧。”他们从飞机上慢慢走下来时，汤姆说道，“妈妈说今晚会准备美味多汁的厚切牛排。”

“就这么定了！”巴德咧嘴笑着说。

汤姆开着吉普车，两个人从斯威夫特的机场朝着肖普顿小镇飞奔而去。

汤姆的妹妹桑迪是一个活泼的女孩，比汤姆小一岁，是巴德最喜欢的约会对象。他们到达斯威夫特家时，她正在门口迎接他们。

斯威夫特夫人身材苗条，同她的女儿一样美丽，她已准备好一桌和往常一样美味的食物。晚饭间，大家讨论那个谜团时，斯威夫特夫人若有所思地说道：“‘海洋战马’可能沉入海底了。”

“沉了！”汤姆听到这个想法震惊地说。也对，他仔细琢磨这件事后，不得不承认这个理由恰恰能解释为什么竭尽全力搜索被盗的实验船都没有结果。

“斯威夫特夫人，”巴德问道，“你觉得‘海洋战马’的沉没是偶然的还是有人故意为之？”

斯威夫特夫人还没回答，一个想法突然让汤姆双眼灵光一闪，他说道：“不管是有意还是无意，我想我知道是谁在幕后操纵这一切了！”

第二章 无形的绳子

大家一齐不约而同地看向汤姆。

“汤姆，你的意思是你知道谁盗走了‘海洋战马’？”桑迪询问道。

“我认为是。”汤姆回答说，“有一个有钱但很狂妄的B国人，名叫杰克。事实上他没有国籍，当他表示愿意领导一个私人团体去窃取科技秘密之后，他所在国家的政府就将他驱逐出境了。”

汤姆继续说：“反动者们现在正试图统治这个国家，而且，如果他们成功了，杰克就能回来。在这期间，他对世界已经造成威胁。尽管公众几乎还不知道这个名字，情报机关的报道称杰克目前正在进行他所谓的‘复仇行动’，以反对其他国家的顶级科学家，他把自己被驱逐的事怪罪于这些顶级科学家们。他也在帮反动者们从事破坏自己国家的行动。”

桑迪在听到汤姆描述杰克的种种劣迹时，倒吸了一口气说：“好可怕啊！听起来他就像是一个——国际八爪鱼！”

“他到处下手。”汤姆严肃地说。

斯威夫特先生皱眉说：“那就可以确定‘海洋战马’沉没了。这是一个纯粹的破坏行为！这正与报道中的杰克策略相吻合。汤姆，我觉得我们应该把你的想法和安保部提一下。”

“对，爸爸。我现在就去。”

汤姆离开饭桌，去给哈伦·艾姆斯打电话。这位安保部长表示会立即与情报局一起调查杰克最近行动的线索。

当汤姆回到餐厅时，他的妈妈担忧地说：“上帝保佑，保佑你和你爸爸不再遇到危险。”尽管斯威夫特夫人总是表现得勇敢且镇定，但她也常常为她家的两个发明家的安危担惊受怕。

“别担心，妈妈。”汤姆赶快拥抱着妈妈说道，“我怀疑杰克不敢在我们这露面。”

“他最好别露面！”桑迪大声地说，“但是如果那个可怕的老海盗出现的话，我肯定希望看到他搬石头砸自己的脚！”桑迪顽皮地眨着眼睛。

汤姆轻声地笑着说：“好的，妹妹，如果我看到了，我会告诉你的。”

巴德和桑迪试图让谈话气氛变得欢快起来，然而随后，大家都因为阴险的杰克而始终郁郁寡欢。由于杰克专门偷取汤姆的发明或者对A国安全问题搞阴谋破坏，因此，汤姆一次又一次地因为自己的科学成果而处于危险境地。

在以前的一次探险中，汤姆驾驶着飞行实验室飞往南美洲，在那里他与一个非法组织展开了生死搏斗。之后的探险中，他不仅去过外太空，还去过地球最遥远的角落，包括南极洲、非洲以及尤卡坦半岛丛林。最近，他和他的同事们在海底旅行后才找回失落的黄金之城。

几天过去了，仍没有“海洋战马”的消息。与此同时，汤姆正埋头在实验室里试图找出一种省钱的新型太空旅行方式。

“天才，这个项目有突破了吗？”一天下午巴德·巴克利悠闲地走进实验室问道。斯威夫特先生和汤姆正在研究一堆潦草的图表和方程式。

汤姆抬起头苦笑着说：“还没有，我们需要点时间，飞天小子。”

“你们为什么这么担心费用问题呢？”巴德继续问道，“这个问题从未阻止过我们的飞行，我们已经成功飞到月球，也几乎飞到了金星。”

“幸运的是，我们有政府对太空探索的支持。”斯威夫特先生解释说，“然而即便有政府的支持，我们经济已经出现拮据了。我们公司唯一的财政收入是汤姆的太阳能电池和卢奈特在工业上的用途。”

太阳能电池是一个很棒的供电装置。汤姆的轮状太空“工厂”，在位于地球大气层高空之上，太阳能电池就是在那里吸收太阳能充电的。卢奈特是一个具有特殊性能的金属合金，它是从名为内斯特丽亚的幻影卫星上带回来的。

“此外，”汤姆继续说道，“目前我们所有的太空旅行都是基于实验性质的。我期待有一天人类能够去探索，甚至能大规模地移居太空。为此，一定要找到一个比我们目前的飞行手段更加省钱的方式。”

“好吧。”巴德沉思地挠挠头说道，“那我们讨论一下，解决这个问题要从哪里着手呢？”

“问得好。那正是我们在研究的。”斯威夫特先生笑着回答道，“其中一个因素是太空的宇宙射线。由于该射线对人体有害，因此有必要使用昂贵的抗辐射衣服和托马塞特塑料防护罩。成本高的部分当然还包括太空飞行员——宇航员的培训。”这个科学家有些感伤地坦言道：“但是从目前来看，这些经费哪项都没有办法削减。”

“先生，我明白您的意思。”巴德赞同地说。他想到了汤姆为训练自己的太空员工所制造的精致装备，例如零重力室，在那里人们可处在零重力的状态下。

“我真正希望的，”汤姆说，“是找到一个不同类型的航天推进器。你知道的，巴德，目前多数宇宙飞船——我指的是自备燃料且不需要火箭助力的飞机——依靠的是原子能或者某种形式的太阳能。我们的飞船‘挑战者号’使用的就是太阳能电池。太空科学家理想中的飞船是需要非常大的能量收集设备来收集太阳能的。”

“你是说，就像你为太阳能装置材料制造商用于收集能量的巨大太空篷一样？”巴德问道。

汤姆点了点头。巴德一想起自己曾因为这个笨拙的东西而身陷囹圄，脸上便出现扭曲的表情。汤姆看着他笑了，说：“我们每一个‘收集者’的面积都有4公顷，而且我们需要十几个。不管飞船使用的是原子能还是太阳能，这都是一个非常宝贵的提议。”

“你肯定已经有了更好的主意。说说看！”巴德催促着。

“哎！别难为我啊！”汤姆开玩笑地推辞着，然后认真地说，“好吧，事实上，我确实有一些想法。我和爸爸刚刚还在讨论。但是我不确定这些想法能不能成功。要是我能想出一个新方法就好了！”

“儿子，我相信你一定能找到办法的。”斯威夫特先生拍了拍汤姆的后背，鼓励地说，“我们都知道，任何重大的科学突破都需要时间，坚持下去。”

然而一天都快过去了，汤姆没有感觉到一点希望。每一个太空旅行的难题所带来的打击似乎都把他往死胡同里逼。为了让头脑清醒，他决定从工作室走回家。

当汤姆走到肖普顿的郊区附近时，他看见几个小男孩在一片野地里正试图放风筝，但风筝始终无法飞起来。

“嘿，汤姆·斯威夫特在那里！他能帮助我们！”比利·巴斯托大声喊道，他是斯威夫特企业集团一个员工的儿子。几个男孩便招呼着这个年轻的科学家过去。

汤姆咯咯地笑着，穿过这片野地朝他们走去，说：“怎么回事？它飞不起来吗？”

“就是飞不起来！”比利抱怨着说，“我们花了一下午的时间做这个风筝。汤姆，你是专家，你知道是怎么回事吗？”

“从它下沉的方式来看，我觉得是尾巴太长。”汤姆拽回风筝，撕下一部分尾巴。没过几分钟，他便将风筝放飞到空中，然后把风筝线交到比利手上。

“哦，天啊！你是怎么做到的？”肯尼·史密斯欢快地叫喊着，“这简直就像魔法一样！”

汤姆咧嘴笑了。“没有什么魔法。”他解释道，“你们的风筝只是尾巴重了些。是什么让风筝飞起来的呢？不管怎么样——永远都不要停止思考。”

“是风。”比利自告奋勇地说。

“还有呢？”

汤姆的问题让大家困惑了。男孩子们只能茫然地耸肩表示不知道。

“好吧。举例来说，如果你松开绳子，会怎么样？”汤姆继续问。

“风筝就会飞走。”肯尼说道。

“或许永远飞走了！”比利补充说，“至少会飞到风停下来为止。”

“放开绳子，看看会发生什么。”汤姆提了个建议。

比利犹豫了一下，然后松开了手。风筝随即开始往地面飘落，比利又迅速抓住绳子。绳子一拉紧，风筝借助风力又获得了上升的力量。

“我现在知道了！”乔伊·斯宾诺莎脱口而出，他是个八岁的男孩，眼睛亮亮的。“我们需要绳子拉着风筝，它才能飞。”

“聪明，乔伊！”汤姆赞同地说，“你们看，风筝飞到空中的时候，有三件事情会发生。看！”

汤姆捡起个小棍子，在地上画了个图。“第一，”他指出，“是向下拉风筝的重力。第二是沿着地面吹的风，将风筝吹走。第三是你在风中拉着绳子，使得风筝向上运动产生一个曲弧线。绳子能够让风筝利用风的力量来克服重力。”

“哇！照你这样说，看起来好简单。”比利说。

汤姆笑着说：“事实上，当你拉着风筝线的时候，你就提供了一个能让风筝飞起来的力量——同样的道理，飞机的发动机提供动力使飞机飞起来，没有发动机，飞机就飞不起来——没有绳子，风筝就飞不起来。”

和孩子们又聊了几分钟后，汤姆问他们长大了想做什么。

“宇航员！”三个人一起说出来。

“孩子们，你们想成为宇航员，我很高兴。”汤姆说，“那是世界上最棒的职业之一。”

汤姆挥手和他们告别，然后继续向家走去。他发现自己正在思考，想着这些孩子们的梦想究竟能否实现。

“如果我们不能解决太空旅行的经费问题，那就不能实现人类探索太空和大规模移居太空的想法！”汤姆失落地想着，“放风筝确实要便宜许多！”

“风筝”这个词在汤姆的脑海里蹦出来。他突然停了下来，因为他忽然想到一个主意，这个令人兴奋的主意使他瞬间充满了力量。

若不将宇宙射线看成太空飞行的不利因素，那为什么不利用它们呢，就像风筝利用风一样?

“我要依据这个原理建造一架新型实验飞机。”汤姆踌躇满志地思考着，“甚至就叫它‘太空风筝’！”

但是，汤姆意识到，首先他不得不发明一个全新的设备来利用宇宙射线——一种宇宙反应器，用来将射线转化成可用的能量。这种能量将可以驱动飞船，就像风吹动着孩子们的风筝飞起来一样！

一声尖锐的汽车喇叭声突然在他耳边响起。由于汤姆深深地陷入沉思中，刺耳的喇叭声吓了他一跳。一辆白色的敞篷车“嗖”地从他身边开过，随即刹车停了下来。

“菲利斯！”汤姆大喊，又笑着说，“干吗这么大声——是专门来吓人的吗？”

这个司机是个漂亮女孩。她的深色长发在微风中飘动着，她还调皮地对着她的“受害者”微笑着，将车子倒回去。她是菲利斯·牛顿，是斯威夫特先生在军队时的老战友奈德·牛顿的女儿。奈德·牛顿现在正在管理斯威夫特工程公司。汤姆觉得她是整个肖普顿最吸引人的女孩。

“又做白日梦了，嗯？”菲利斯打趣地说道，“还是小心点吧，教授！”

“我没想到会看到这样迷人的风景。”汤姆坐上了副驾驶的位置，露牙笑着说。

她有些脸红，踩上油门便出发了。当车子刚开动时，一辆栅栏车厢式卡车从他们身边呼啸而过，卡车上标着肖普顿卡车出租公司。菲利斯的车在其后面行驶着，两辆车都在飞快地前进。

突然，卡车毫无警示地刹车了。菲利斯倒吸口气，随即用力转动方向盘。但是仍然没有躲过碰撞。由于强大的冲击力，这辆敞篷车撞上了卡车的尾部！

第三章 太空风筝

尽管菲利斯紧紧地握住方向盘，她还是从驾驶位上被甩到了一边，猛地撞到了仪表板上。汤姆的头部撞上了挡风玻璃。两个人都被撞晕了过去。

几分钟后，汤姆恢复了知觉。他的额头撞出了血，血水流进了他的左眼。汤姆将血擦去，头一直都有些眩晕。之后，他便听见有人在旁边呻吟。

“菲利斯！”

想到她，汤姆一下子完全清醒过来。菲利斯就倒在他身上。她闭着双眼，右边太阳穴处有擦伤。汤姆轻轻地摇着她，轻抚着她的手腕。

“菲利斯！”他着急地一遍遍叫着，“醒醒！”当她睁开眼睛，汤姆赶忙问道：“你还好吗？”

“我——但愿如此。”她勉强地笑笑，“抱歉，汤姆。”

“这并不是你的错。那个愚蠢的卡车司机毫无警示地就紧急刹车，我们才撞上他的！”汤姆抬头一看，发现卡车已没有了踪影，他愤怒地说，“显然，这个人都没来帮助我们就开溜了！”

突然，汤姆有了一种猜测：这次事故可能是有人故意引起的。但是他决定不告诉菲利斯这个想法。

“没有骨折吧？”汤姆关心地问道。

“应该没有。”菲利斯畏缩着，小心地摸着自己的肩膀说，“我敢说我全身都瘀青了！我的肩膀一定撞到了仪表板。”

还未等汤姆回应，她的表情一下子变了。她刚刚注意到他额头上有红色血迹。“汤姆！你受伤了！”菲利斯倒吸了口气，瞬间忘记了自己身上的瘀青。

“只是擦伤而已。”

但是菲利斯坚持用自己的手帕去擦他额头上流下的血。正当菲利斯专心擦汤姆的伤口时，一辆红色敞篷车开了过来。伴随着尖锐的刹车声，车停了下来，就停靠在他们面前的马路边。

“嘿！怎么了？”原来是巴德·巴克利，他开车从工厂去斯威夫特家吃晚饭，恰巧经过这里。他跳下车，朝着他们跑去，看到菲利斯的车被撞坏了，他惊恐地吹了声口哨。

“巴德赶来营救了！”汤姆嘲弄地说，“你出现得真是时候。”

汤姆和菲利斯告诉了他事情经过。巴德迅速地检查了菲利斯的车，发现车不能再开了。之后他将车推到路边。

“待着别动，机长！”看到汤姆要下车帮忙，巴德命令道。之后，巴德坚持要把这两个受害者拉到斯威夫特家庭医生爱默生的医务室。

爱默生医生给他们检查了身体，并给汤姆包扎了伤口。“目前来看，你们两个都没有大碍。”他说，“没有脑震荡的迹象。但是，需要安静的休息——至少明天一整天都要休息。就是说要躺在床上，年轻人！”这位医生幽默地用食指点着他，警示地说。

汤姆一想到这样会浪费工作时间，就哀叹了一声。但是他答应会遵照医生所说的去做。

巴德把菲利斯送回了家，之后又叫了汽车拖吊人员将她的车拖走，然后又开车送汤姆回了家。

斯威夫特夫人和桑迪一看到汤姆额头上的绷带，脸色顿时变得苍白。听完事情的经过，她们立即命令他去床上休息。巴德陪着他的兄弟上楼去了。

“哎呀，弄得我好像要动大手术似的！”汤姆换睡裤时喃喃地说。

“安静！不许发牢骚。”巴德笑着反驳，“否则我就叫医生把你身上‘顽固’的肿块除去。”

之后巴德严肃地说：“汤姆，你注意到那辆卡车的车牌号了吗？”

“没有，但是我看到车侧面的标志了。它是肖普顿卡车出租公司的车。”汤姆看着巴德突然问了一句，“为什么这么问？”

“机长，你想过这次事故可能并不是一场意外吗？”

汤姆若有所思地点点头说：“坦白地讲，想过，巴德，但是我不想在菲利斯面前说任何事情。”

“好吧，我要调查一下，找出真相。”巴德宣称，“如果菲利斯没有恰巧接你的话，那个司机甚至可能会把你撞倒！”

汤姆赞同这是有可能的，他说：“看看你能调查出什么，巴德。”

第二天早晨，在巴德去斯威夫特企业集团的路上，经过肖普顿卡车出租公司的办公室时，他停了下来。他向工作人员讲述了那场事故，并问了事发前一天从公司租走卡车的人名以及地址。

经理非常乐意帮忙。有四个人租走了卡车，但是一个都没有回来。有两个人在前一天早晨就离开了小镇，开始了长途运输工作。第三个人被证实是一名建筑工人，自称在菲利斯发生事故时在一个项目的现场。巴德检查了他的卡车尾部，发现这辆卡车并没有牵涉到这次事故中。

“就剩下一个名字了——埃姆登。”巴德说。

但是当他调查租用人埃姆登时，他来到此人所提供的地址，那里的居民却从未听说过这个人。巴德便对此人产生了怀疑，他开车回到集团并将这个消息报告给哈伦·艾姆斯。

“看来埃姆登应该是我们要找的人。”艾姆斯赞同说，

“我要告诉警察，看他们是否能找到他和那辆卡车。但是如果他想故意引起这场事故的话，很有可能会用一个假名字。”

事故的第二天，爱默生医生早早地来到斯威夫特家，告诉汤姆可以回去工作了。在汤姆和他爸爸开车去企业集团的路上，汤姆讲出了关于“太空风筝”的想法。

“一个用宇宙射线驱动的太空飞船？”斯威夫特先生听到这一想法又震惊又好奇，“为什么不试试呢？汤姆，我相信这一定是一个很有前景的好主意。”

但随即这个科学家皱眉说：“唯一的难题就是你还需要另外一种能量——就是可以给宇宙射线提供反作用力的能量。换句话说，替代风筝线对风筝所产生的能量。没有这样的一个装置，你的飞船将会失去控制而飘移。”

“没错，爸爸。”汤姆回应道，“但是我想我有办法。”

“你总是能找到解决办法。”斯威夫特先生自豪地对儿子笑着说，“让我听听你的想法。”

“简单地说，我的太空风筝，需要一个重力集中器。”汤姆接着说，“与斥力装置原理相反的机器。”

斥力装置是汤姆的一项重要发明，被应用在他著名的宇宙飞船“挑战者号”中，他曾乘坐这架宇宙飞船登上过月球。

“我的重力集中器将会利用物体间的引力，而不是斥力。”汤姆补充说。

汤姆脑海里一直萦绕着一个事实：宇宙间每一个物体都互

相吸引着。地球产生一个拉力使得物体吸附在它之上。月球和地球相互吸引，如同太阳与其他星球相互吸引一样。

汤姆继续说：“我想发明一种设备，能使地球或者其他星体对‘太空风筝’所产生的引力加强。飞行员通过将该设备对着一个正确的方向，就能够得到一个强劲的拉力，这一拉力就充当飞船上的‘风筝线’。”

“嗯。确实很有创意。”斯威夫特先生皱眉说，“但是设计这样的重力集中器肯定不是件简单的事情。而且，要想有效果的话，该设备不得不将平常的万有引力提高几千倍甚至上百万倍。”

“是的。”汤姆承认这一点，“但是我想我已经找到解决的办法了。就是用我称之为万有引力球的新设备。”

“祝你好运。”斯威夫特先生说。

一到斯威夫特企业集团，汤姆便和爸爸分开了，他匆忙地回到自己的实验室，很快将“太空风筝”的设计图画了出来。然后，他给亚弗·汉森打电话，亚弗·汉森是专门为斯威夫特的发明制作模型的专家，制作模型是发明从思想阶段跨越出的第一步。

两分钟后，亚弗这个性格温和的大个子赶到了实验室。“机长，什么事？”他热情地问道。

“看看这个。”

汤姆给他看“太空风筝”的草图。亚弗一看到草图就立即燃起了热情。

“天啊，它让太空旅行看起来很有趣！”他大声地说，“你想什么时候要这个模型？”

“明天之前。”汤姆笑着说，“但是你不用一个人来承担，亚弗。我们一起来完成。”

“太空风筝”的设计简单美观。飞机的前面部分是驾驶员和副驾驶员的位置，还有控制板，这一部分是用透明塑料圆顶封闭起来的。将圆顶与其他部分划分开来的是座位后边的太空反应器“滤过层”——太空反应器是宇宙射线转换成动能的装置。

反应器的中心处有一个突出的圆锥体，露在后面就像是一个短粗的彗星尾巴。这个圆锥体将用来为万有引力球指引方向。

“我现在就去做这个模型。”亚弗说。

他开始用重量较轻的镁合金制造金属部分。与此同时，汤姆在造型器上用透明塑料制造出闪亮且突出的圆顶。几个小时后，“太空风筝”的模型就大功告成，挂在了实验室的天花板上。它有着三个细长而优美的落地支撑杆。

“这是我几个月以来所制作的最漂亮的模型。”亚弗停下来去欣赏这个成果时说。

就在这时，实验室的门打开了，乔·温克勒推着一台餐车走了进来。乔·温克勒体型微胖，以前是一个流动炊事车的厨子，现在是斯威夫特企业集团的主厨，而且当斯威夫特父子在实验室里工作时，他随时为他们提供餐食。

“汤来了，孩子们！”他欢快地说着，发出了浑厚有力的声音。他身穿红绿相间的衬衫，脚上踩着牛仔靴，头上戴着宽边高顶帽。帽子拉得很低，遮挡住了眼睛，以至于他没有看见悬挂着的“太空风筝”模型。

“嘿，看着点，乔！”汤姆大喊了一声。

说话间乔迎头撞到了“太空风筝”模型，只听见很响的撞击声！

闪亮的模型摔在了地板上，乔也仰面朝天地倒在地板上，说：“摔死我了，是哪个鬼鬼祟祟的淘气鬼打我了？”

汤姆和亚弗扶着乔站起来。然后汤姆便笑着说：“老前辈，您刚刚撞到了我的最新发明！”

乔眩晕地盯着四周看了一圈，说：“太抱歉了，汤姆。好像我把它彻底撞掉了，我的新宽边帽子也碰变形了。”

庆幸的是，模型并没有损坏，汤姆又将它挂了起来。乔将他那白色高帽子立起来，说：“汤姆，你这个新玩意儿是什么？”

“是宇航员乘坐的‘太空风筝’。”

乔那皮革般的脸上呈现出困惑的神情：“你刚刚说哪种坚果？”

“不是坚果，是宇航员。”汤姆强忍住笑，因为他不想让这位慈祥的西部老人感到尴尬，“就是去外星球的旅行者！”

“哼！”乔盯着“太空风筝”模型研究了一会儿，然后便放弃了，“哎，它能让我看到外太空的星星，好吧，但我不知道我是否介意坐着这样脆弱的东西去呢。”

午饭过后，亚弗便去指导工人按全比例制造“太空风筝”去了。汤姆坐上小型摩托车，朝着安全部骑去。

“哈伦，有‘海洋战马’的线索了吗？”他问这位安保部长。

哈伦摇了摇头说：“还没有。但是十分确定的是，与卡车碰撞不是一场意外。”

哈伦说州警在公路上找到了那辆被丢弃的卡车。

“我们听说了对租用那辆卡车人的描述。但是我怀疑这对我们是否有利，听起来好像他把自己伪装了起来，还带了假发。”

汤姆一直追问着这个消息。很明显，有劲敌在暗箱操作反对斯威夫特父子。还未等他再问什么，电话响了，哈伦·艾姆斯接起了电话。

“这里是安保部，我是哈伦。”片刻后他的脸色变得紧张起来。听了一会儿，他突然“啪”地挂断电话，“就这样！”然后转向汤姆。

“机长，有新消息，刚刚费林岛接到一个来自SS天龙女王的无线电呼叫。这是一艘始发于B国的船。这艘船的无线电工作人员刚刚回复了我们广播人员所问的‘海洋战马’的消息。说他几天前接到一个奇怪的信号，那个声音说的是，‘午夜见，快速夺取！’”

汤姆的眼睛兴奋地闪着光，他说：“哈伦，‘快速’这个词可能指的就是‘斯威夫特’。‘快速夺取’指的可能就是‘海洋战马’。”

“对。”哈伦向前探身说，“而且，汤姆，这可能意味着你自己正处于危险之中！”

第四章 神秘的冰山

汤姆深陷的双眼盯着前方。他神情坚毅地说道："不管有什么危险，我都会做好准备。哈伦，目前看来，那个B国人的信息是我们最好的线索了！"

"你的意思是这可能和杰克有关系？"哈伦问道。

汤姆点了点头。他拿起手机给在费林岛的通信部部长乔治·贝林打电话，要求通过无线电接收与传送装置直接对话。

"都准备好了，请讲吧。"片刻后贝林报告说。

汤姆确认了自己与天龙女王无线电话务员已接通，并请求获得那个陌生信号源的任何可能的信息。

"先生，我无法准确回答。"这位B国话务员认真地选择着自己的用词回答道，"但是，第二天，我确实又一次接收到了相同的信号，可是由于不够清晰，无法分辨出任何字，每次我都试图获取无线电的方位。"

之后，这个话务员给了汤姆他粗略记载的位置，并补充说道："考虑到两个信号的时间差，我相信这艘船的航线一定是朝着大约向北至西北的方向。当然这只是猜测。”

“相当好了！非常感谢你的帮助。”汤姆说，“如果你再得到任何消息，请告诉我们。”

“很高兴协助您，先生。”这位无线电人员回答说，随后无线电挂断了。

汤姆转身看向墙上的大地图，安保部将所有斯威夫特的人员的活动轨迹都记录在上面，同时也记录了他们的飞机与海轮在世界范围的行迹。他将无线电人员所说的天龙女王的方位标记出来。

然后，汤姆迅速地计算了一下，从标记的位置向北至西北方向延伸出一个大圆航向。

“机长，你了解到了什么？”哈伦问道。

汤姆不确定地皱了皱眉说：“如果那个天龙女王的无线电人员所提供的信息是对的话，那么他们就是朝着远处的大浅滩方向行驶。”

汤姆走近航海图研究了一会儿，突然眯起双眼看着，因为他注意到地图上有一个他之前忽略的小点。

在了解完航海图上的那个区域的情况后，汤姆大声地说：“哈伦，我有一种预感！在他们到达大浅滩之前，会在一小堆石头附近经过，这一堆石头的面积不够大，不足以称之为小岛。”

汤姆在地图上指出石头堆：“根据航海图来看，他通常隐蔽在雾里——那是海贼们一个理想的隐藏处。”

“猜得好，汤姆！”哈伦激动地赞同道，“我认为我们应该跟上它！”

“我要亲自处理这件事。”汤姆做出决定。

他拿起电话，打给巴德·巴克利。在解释了这个任务后，他让巴德准备一架小型的水陆两用飞机。

汤姆的这架飞机是专门为秘密飞行而设计的。它的外表涂层是托马塞特塑料，具有辐射防护屏和电磁中和器的作用。这架飞机的发动机也装备着一种特殊消声器装置，从而能避免被侦测到。

“好的！”巴德回应道，“你想多久后出发？”

“今天下午，尽快。”

接下来，汤姆给费利克斯打去了电话，这是一个年轻的工程师，在斯威夫特企业集团工作。“费利克斯，你愿意往大浅滩的方向来一次短途空中旅行吗？”汤姆问道，“我要进行一个秘密活动，如果成功的话，我可能需要一个翻译人员。”

“听起来很刺激。”费利克斯笑着应答，“能加入进来，我觉得自己很幸运！”

“好极了！”汤姆向这个长相俊俏、瘦高的年轻简单地介绍了这次飞行的目的。

那天下午将近4点钟，这三位伙伴在斯威夫特企业集团飞机场集合，爬上了水陆两用飞机的机舱。汤姆驾驶着飞机在飞机跑道上朝着灯塔的信号方向滑翔。他们很快就飞到了空中，在北大西洋上空朝着目的地飞去。

飞机在强劲的风中逆行着，速度减慢了。结果，在他们到达大浅滩附近的小堆石头之前，夜幕早已经降临。

“天啊，那一片石头在地图上只是一个小点。”巴德喃喃自语地说，“这真是大海捞针啊！”

“对极了！”费利克斯哼哼唧唧地说，但是他的双眼在他圆圆的脸上愉快地闪烁着。在车间，每一个人都喜欢他，因为他有着快乐的性格。

“不要担心。”汤姆对费利克斯使眼色说道，“巴德是我们这次航程的领航员，所以这是他的难题，如果他把我们带到海里去，我们就饶不了他！”

“这样想就感觉好多了。”费利克斯笑着跟着说。

汤姆核对了巴德的计算结果，当他们靠近小石岛时，他关闭了飞机的灯。

夜空被雾笼罩着，所能见到下面的大海只是一大片模糊起伏的雾。

突然，在接近地平线处闪现出一道光，紧接着又一道光。当汤姆将飞机突然降低时，又有几道光出现。这些光聚到了一起，但并没有显现出清晰的轮廓。

“有不明物体出现。”巴德小声说道，“但那是什么——

是一艘船还是一些小船聚到了一起呢？”

汤姆用电波映像镜查看了一下。令他惊讶的是，他什么都没有看到。

“看来我们不得不降落下去，亲自探个究竟了。”他茫然不解地说。

汤姆驾驶着水陆两用飞机朝着水面慢慢飞去。幸运的是，风力减弱了而且海浪也不高。

船刚浮在水面上，汤姆便开始朝着灯光的方向划去。可是片刻后，光线突然消失了。

“嘿！怎么样了？”巴德担心地大喊了一声。

他们在漆黑的夜晚里毫无方向地游动着，甚至都没有导航的光。抬头看天空，亦是如此，除了朦胧的月光透过云雾的缝隙在夜空漏出一点淡淡的光外，四周一片漆黑，这种感觉真让人不舒服。

汤姆又一次用飞机的无线电探测器在黑暗中探察，横扫四周第一遍时，什么都没有探测到。然而就在此时，一个巨大的物体出现在他们正前方。

“可能是冰山！”巴德大叫一声。

汤姆什么都顾不上了，他打开了水陆两用飞机闪亮的探照灯。在刺眼的灯光下，他们清晰地看到了一大块闪着光的冰山就在他们的正前方的水面凸出来！再过几秒钟，他们就要撞上了。

汤姆加快速度，紧急向后倒退。这架水陆两用飞机一下升到天空，几乎与冰山擦边而过。

“我的天啊！好险啊！”汤姆擦了擦额头渗出的冷汗。

就连费利克斯说话声音都听起来有些紧张了：“有那么一刻，我都担心我们就要提前见祖先了！”

“我想不明白的是，为什么雷达示波器没有提前侦测到这个可恶的家伙。”巴德抱怨说。

“我们就庆幸及时发现它了吧。”汤姆说。

他们在这片区域上空又飞了一会儿，继续搜查他们所找的目标。但是他们没有再看到那道神秘的光线，而雷达示波器除了发现冰山和地图标示的多石小岛之外，就再也没发现其他的物体了。

最后，汤姆放弃了搜索，他们灰心丧气地飞回了斯威夫特企业集团。

他们到家的时候，已经是后半夜了。桑迪和斯威夫特夫人都已经休息了，但是斯威夫特先生还没有睡，他饶有兴致地听着儿子的经历。

最后，这位老科学家评论说：“这确实奇怪，汤姆，但是不管怎样我们都要立刻让大家知道那里有一座冰山。它可能给航行带来危险。”

斯威夫特先生立即给最近的海岸警卫站打去电话。值班的话务员说会通过无线电向国际冰山巡逻队发出警报。

第二天早晨，一个更加令人惊讶的事情正等着斯威夫特父子，汤姆和父亲到达企业集团的办公室不久，他们办事高效的秘书特伦特小姐便转接了一个来自海岸警卫队的电话。

斯威夫特先生接过电话。当他听电话的时候，困惑地皱了皱眉。

“我知道了。”他皱着眉喃喃地说，“谢谢。”

“有什么事吗？爸爸。”他爸爸挂断电话后，汤姆问道。

“冰山巡逻队报告说在那附近并没有冰山。”

汤姆吃惊地瞪大了眼睛：“但是我们看到了！我们三个不可能都是傻子啊！”

斯威夫特同样感到困惑，说：“我也不明白了，儿子。但是冰山巡逻队肯定地和我说巡逻队已经全面地检查了一遍。”

汤姆不得不承认这个谜团将他难住了，至少目前是这样。与此同时，他决定接着进行“太空风筝”万有引力球的工作。于是，他骑上摩托车奔往实验室。

汤姆在工作台上组装材料时，自己笑道：“看来我不得不凭着感觉来研究它了。我现在所做的事情连我自己都不能完全弄明白。”

汤姆想到，重力可以被看成是辐射的一种形式，不过科学家还未完全弄明白这种性质。

“但是我能确定，我的装置将能集中电磁辐射所产生的能量。”他自言自语道。

首先，汤姆在旋压成型机的车床上将万有引力球的方向锥制作成型。接着，他用模子制作了一些轻的塑料球，并用真空泵将它们内部的空气抽出。然后，他用细细的隔热银丝将圆球缠绕很多圈，就好像在用毛线缠线球一样。

“看来我可以称他们为格拉维妥球体。”汤姆做出决定后，便在工作草纸上匆匆地记下了这个名字。

这些小球被安装在方向锥四周，通过电线与电子元件相连，中间穿过一个动力控制装置。

当电源打开，电流就会通过细细的银线传导，并在格拉维妥球体内产生快速旋转的磁流。

其他的电路也必须接上电线，并进行调节。设备安装完毕，他将万有引力球用螺丝固定在了一个台面上，圆锥体指向上方。在球的上方，他将一个砝码放在了一个弹簧秤上面，刻度盘会显示重力的大小。

“到目前为止，一切都很顺利。”汤姆想着，“现在就看我的想法能不能成功了！”

他打开电源开关，调节了一下控制装置上的电压指针。重力刻度盘的指针立即向下摆动了一下。

汤姆高兴地大喊了一声：“成功了！”

万有引力球集中了重力，并且增加了砝码的重力。

“我要让爸爸看看这个！”汤姆得意地自言自语。他转动了一下控制装置的旋钮，升高了电压。重力指针立即在表盘上更大幅度地摆动着。

就在这时，汤姆的头部开始有一种奇怪的感觉。他感到头晕。“我是怎么了？”他感到奇怪。

汤姆有一种在太空中向上飞的奇怪感觉。他匆忙抓住了工作台来支撑自己。他的眼睛无法正常聚焦。

一秒钟后，汤姆眼前一片漆黑！

第五章 飞往前哨站

“嘿，汤姆，你在哪儿啊？”

巴德·巴克利刚刚探头去看实验室。他大喊一声没有回应，便大步向前走，看看是什么发出了“嗡嗡”声。巴德吓了一跳，因为他看到汤姆仰面晕倒在了工作台边的地板上，失去了知觉。

“我的天啊！他这是怎么啦？”巴德一阵恐慌，朝着汤姆跑去，当他经过动力控制装置时，顺手关闭了开关。他将汤姆的头抬了起来，把了一下他的脉，然后抓起电话，呼叫辛普森医生。

“医生，快来汤姆的实验室！”巴德大喊。

这位企业集团工厂医生几分钟后就赶到了，两人将汤姆抬到了旁边房间的简易床上。巴德松了一口气，汤姆并没有受伤的痕迹。吸了几口氧气后，汤姆很快恢复了知觉。

“嘿！你吓死我们了，伙计！”巴德说，“你做什么了？你工作台上的装备是什么？”

汤姆呆呆地看了一会儿，想起刚刚发生的事情后笑着说："哦，你说的是我最新发明的万有引力球机器。"他简单地介绍了它的功能，并猜测到："我猜就是它让我晕倒的。"

"怎么回事？"

"这个重力集中器表面相当于凸面放大镜，当你用它集中一束太阳光线时它就会发挥作用。"

"我不明白。"辛普森医生插话说。

"那么，你注没注意过放大镜是如何围绕着一个光点产生一圈影子的？"医生点了点头。

汤姆继续说："重力集中器是相同的原理——也就是说，它围绕着试验台产生了重力阴影。我刚刚就在那个阴影里工作，那就是说我的重力或者说我在地球上的重力减小了，就好像我在外太空悬浮起来一样，这才令我头晕得昏了过去。"

巴德挠了挠头，然后笑着说："我还是不明白，但是我猜我把开关关闭，这操作是对的。要不然，我就已经变得又轻了！"

"你确实会那样。幸好有你们两个来救我！"汤姆站起身来快乐地笑着说，"但是有一件好事——至少我的万有引力球成功了！我现在要做的就是将这个实验装置固定在一个位置上，这样在下次试验的时候我就不会再昏倒了。"

"或者我最好给你留下一些铁药丸让你的体重变重。"这个年轻的医生揶揄地说。随后，他就回到斯威夫特企业集团医务室去工作了。

中午，乔·温克勒给两个男孩子送来了午餐，有热鸡肉三明治和樱桃派。乔对这个发明产生了兴趣。

“尝尝我做的仙人掌沙拉。那个装置是什么？”他问道，“看起来像是精致的孵育小鸡的孵化器！”

汤姆忍不住笑了出来，说：“它实际上是——嗯，一种可以减轻体重的机器。”

“好家伙！”这位肌肉发达的厨师大声说，“老板，先让我试试怎么样？”

汤姆没再开玩笑，告诉了乔事实。乔有些困惑但又觉得这发明了不起，他推着午餐车走出了房间。

男孩们吃完餐后甜点，巴德问道：“你的万有引力球会不会很难固定住？我的意思是，同样的事情不要再发生了。”

“不会的，我可以把它放在试验台上方的更高处，那样当我操作时，我就不会在重力减小的范围内了——或者我可以只连接一个遥控的装置。想一下，那样会更简单。”

汤姆将遥控装置的导线连接后，再一次测试了一下万有引力球。巴德看到万有引力球对砝码的拉力增加时，惊呆了。

“这就是我的‘太空风筝’的‘风筝线’。”汤姆解释说，“当然了，在万有引力球的装置中会有放大的回路，拉飞船向上的力就可以增加数千倍。”

“我还没看过你的‘太空风筝’呢。”巴德提醒汤姆说。

“嘿，对。”汤姆说，“我这就带你去，让你看看模型。但是我要先给费利克斯打个电话，让他来看看这个。”

他向这个年轻人展示了万有引力球，然后要他制作一个同等比例大小的复制品，用来安装在“太空风筝”上。“好的，机长。”费利克斯接下任务。

随后，汤姆和巴德开着吉普车往亚弗·汉森的工作室驶去。亚弗的工作室位于实验站的另外一幢大楼里。工作室里充斥着车床和其他机械工具“嗡嗡”的噪音。机械工们在给“太空风筝”安装已准备好的零部件，电焊机的弧光灯闪着蓝白色的光。

“亚弗，现在进展得怎么样了？”汤姆询问。

“很棒。如果不出意外的话，我们应该能在48小时内完成。”

巴德看到这个闪闪发光的小“太空风筝”模型时，吹了下口哨，说：“天啊，它太漂亮了，机长！能坐在像这样灵巧的坐骑里，我们才能真正享受到太空遨游的快乐！”

巴德继续说着，双眼闪着渴望的光芒：“不过前提是等你试验它的时候，你会考虑带上我。”

汤姆咯咯地笑了笑，把手臂搭在了巴德的肩膀上，说：“只要你想来就行，巴德，不然我一定会因为没有爱冒险的副驾驶员而感到失落的！”

男孩们坐进了吉普车，加速返回了汤姆的个人实验室。到那里后，汤姆解释了宇宙反应器将会如何为“太空风筝”提供动能。

“我打算在前哨站建一个，在那里我就能在真正的辐射条件下，用它试验了。想和我一起去吗？”

巴德脚后跟“咔嚓”一声合并立正，立刻做了个滑稽的敬礼动作：“我们什么时候出发，长官？”

“明天一早出发。”汤姆笑着回答，“所以晚上早点睡。”

第二天天一亮，这两个男孩就飞往费林岛——斯威夫特的火箭基地，这里曾是一片绵延的沙丘和杂草丛林，如今，这里整洁地排列着营房、工作间和起重机架，还有航天器和未来的人造卫星在发射台上矗立着。

汤姆通过无线电要求空出机场，然后将飞机降落在了小岛的机场上。两个男孩乘坐小汽车快速到达了发射区，那儿的机械师们正在进行检查并给其中一个运载火箭装入燃料。

“一个小时之内出发。”一位技术员报告说。

50分钟后，汤姆和巴德以及宇航员们已进入飞船的驾驶舱内，半躺在驾驶座椅上并系上了安全带。扬声器开始大声播放倒计时。

接着，伴随雷鸣般的轰隆声，火箭发射了。烟雾与火焰从发射台处翻滚而出。一瞬间，发光的火箭朝着电离层发射升空。

在火箭发射的第一阶段，自动助推器将火箭发动机与航空飞机分离，此时控制台上的红灯在闪烁。几分钟后，第二阶段顺利进行，爆炸声过后便是一片寂静。

“整个过程很顺利。”巴德观察着说。

随着重力的逐渐消失，宇航员们在座椅上晃动着，向上浮起，他们解开了安全带，开始向上做回旋惯性移动。

“让我们看看这个古老的小地球。”汤姆幽默地说。他按动一个按钮，飞行舱内侧的座舱盖拉开了。特种玻璃制成的圆顶四周一片漆黑，远处的星体发出钢铁色的光，点缀了这片漆黑的空间。从舱内向下看，地球就像是黑暗中悬浮起来的一个球体。

“我想我永远都不会忘记这壮观的景象给我的感觉。”巴德轻声地说。

在接下来的4个小时里，宇航员们在太空中以每小时几千米的速度靠着惯性滑行着。之后，当宇宙射线高度仪上的红灯闪亮着发出警告时，汤姆发动了转向电动机，带动飞船进入飞行轨道。

当飞行记录磁带在宇宙飞船大脑内转动时，汤姆观察着雷达屏幕。它本应该显示出斯威夫特太空站的，但是令汤姆困惑的是，雷达完全没有显示出发光的太空站！

一位叫鲍勃·杰弗斯的年轻宇航员不经意间看到了汤姆困

惑不安的表情："有什么不对吗，机长？"

"我也想问呢。"巴德紧张不安地脱口而出，"你认为太空站脱离轨道了？"

"貌似不是，还不清楚，巴德。"

"那你的意思是，杰克手下的那些人正在进行太空行动，有可能把它偷走了？"巴德惊讶地问。

"他们有可能在进行太空行动。"汤姆深思道，"但是我不认为他们已经偷走了太空站。我承认出了问题——但是我认为可能是我们的导航系统出现了错误。"

巴德与汤姆对视了一下，低声问道："难道是有人故意破坏？"

"有可能。我最好现在就查一下。"

汤姆从柜子里拉出工具箱，挑出几件工具，然后快速地检查了宇宙飞船大脑。这个设备结合了导航仪表与自动驾驶仪的功能，是一个航行—操纵一体机械装置。

"是哪里出故障了吗？"在汤姆检查完后，巴德问道。

汤姆又摇了摇头，说："似乎一切都正常。我真弄不明白了，巴德。"

汤姆沉默了几秒钟，随后命令飞机上的宇航员们协助对伺服系统进行一次快速的故障检修，电脑的指令正是通过这一系统对转向电动机发出的。检查结果依然显示没有问题。

"我能想到的原因只有一个。"汤姆对大家说，"杰克或者他的同伙一定是打破了我们的托马塞特的屏蔽。他们在用某种电磁波干扰我们的操作系统。”

所有人都不安地盯着汤姆。“机长，那我们怎么办？”一个人问。

“首先，我要出舱，确定我们所在的位置。”汤姆回答说，“我到了舱外，就能知道太空服的机械装置是否也会受到同样的干扰了。”

“你疯了吗？你不能那么做！”巴德吼道。

“为什么不能？”

“敌人可能就在这附近！再者，如果你的太空服受到干扰怎么办？什么都有可能发生！”

汤姆平静地说：“我们不能只是待在这儿什么都不做。那样的话，我们甚至都不知道我们所在的位置。而且，巴德，即便我出去了，也不见得一定会有危险。”

巴德意识到汤姆下定了决心，他决定和汤姆一起出去。两个男孩留下鲍勃·杰弗斯照看大家，然后很快穿上笨重的太空服和透明的头盔，通过火箭的气闸舱出发了。汤姆带了一台便携六分仪和一台有太阳能电池的手提电脑。

汤姆在太空中自由地滑行着，他使用了六分仪，然后依据三个独立星体的方位，在电脑上修正出若干个调整数来。电脑的刻度盘上立即显示出最终“定位”——他们相对地球的轨道位置。

“咱们在什么位置？”巴德通过宇航服的无线电发出信号询问汤姆。

“我们偏离了去前哨站的路线。”汤姆脸色凝重地回答，“原来是航线发生了偏离，也就是说我们飞船的导航仪器以及机械操控装置都被干扰了。不过，我们宇航服的性能似乎没有问题。让我们看看喷气机是不是能正常运转。”

两个男孩启动了宇航服喷气机，发现能任意地向各个方向移动。

“果然没受干扰。”汤姆通过无线电告诉他的伙伴，“我们得——”

话还没说完，就被巴德的大喊声打断：“机长，小心！流星飞过来了！”

汤姆听后立即加速飞离，刚好躲过“嗖嗖”掠过的流星。它们以炫目的速度闪过，几乎与飞船擦边而过。

汤姆轻轻地松了口气：“哇！巴德，谢谢你的提醒！”他们的时间不多了。

“巴德，我们必须用这台六分仪找到太空站的位置，再让飞船开过去。”汤姆通过无线电说着。

“好的！”

汤姆给飞船上的成员发布命令，要求他们跟着他和巴德前行。接着，他们通过电脑上的读数，估测了通往太空轨道的正确路线。之后，汤姆和巴德便开始引领飞船在寂静的太空中前进。

在载重火箭里，鲍勃·杰弗斯把自动驾驶仪转换成手动操作，发动了转向发动机，但是飞船却没有反应！

这个时候，穿着宇航服的汤姆和巴德的身影已经在前方黑暗中走远变小。

“机长，等等！”鲍勃·杰弗斯通过无线电大喊，“嘿！我说，等等！我们无法离开轨道！”

无线电中没有回应，鲍勃又喊了一次：“飞船呼叫汤姆！飞船呼叫汤姆！……机长，你能听见我说话吗？”

汤姆依然没有回复。这两个男孩显然无法接收到飞船发出的紧急信号！

第六章 危险的火箭旅行

汤姆和巴德都没有意识到载重火箭远远地落在他们后边，正处于孤立无援的状态。这两个男孩穿着宇航服平稳地前进着。

“你确定我们在朝着正确的路线前进？”巴德过了一会儿发来无线电。

汤姆瞥了一眼袖子上的小刻度盘。“这是我能算出的最接近的路线了。”他回答说，“我们现在的速度应该能让我们进入太空站的轨道。这个方法将会使我们在一个合适的位置上与轨道相交。过一会儿，我再确定一下位置，检查一下路线是否正确。”

15分钟后，汤姆把手伸进宇航服，把他功能强大的六分仪从盒子中拿了出来。当他再一次调节六分仪，以获取一组星体的方向时，巴德无意间向后面瞥了一眼，脸一下吓得苍白。

“机长！”巴德大叫一声，“飞船不见了！”

汤姆转过身来定睛一看。飞船真的不见了！

“我的老天！”汤姆低声地说，“我不知道它怎么没跟上我们，巴德。我们应该一直都在飞船前方的呀。”

“是啊。但是别忘了，飞船的操控机械设备出故障了！”巴德通过无线电大声说。

“你说的对，兄弟。”汤姆懊恼地说，“我们之前应该检查一下的，以确定他们能跟上来。我们真是一对笨蛋！”

汤姆调节了一下宇航服的发射机，使得发出的信号尽可能最强，然后开始呼叫跟丢的飞船。

“我是汤姆，呼叫斯威夫特飞船！……能听见吗？”

巴德也一起呼叫。但哪怕是最微弱的回应，他们俩都没有接收到。

他们最后放弃了。“现在怎么办？”巴德紧张地问道。

“得先确定我们的位置。”汤姆回答说。他调节好星体的方向，读出刻度盘上的读数。“不错，我们的航向正确。至少这件事值得庆幸。”

他停顿一下，然后继续说道：“但是我们现在大概的位置是太空站和飞船间的中点。我们是回去找飞船，还是前往太空站求助呢？”

这两个男孩透过透明的圆形头盔彼此焦急地凝视着对方。巴德突然轻轻地笑着说：“看来只有一个解决办法了，兄弟。我们在太空抛个硬币来决定，好吗？”

汤姆也笑了，说：“我连一个回家的钢蹦儿都没带，巴德。

但是我们或许能用到宇航服里的工具。”

汤姆拉开宇航服右腿口袋的拉链，拿出一把又小又轻的镁钒材质的小锤子：“这儿——抓住！锤头向上的话，我们就继续去太空站。”

汤姆向他的朋友抛起锤子，巴德伸手去抓。但是由于他们身处太空，对速度容易判断错误，锤子竟然从手套旁边飞走了！

当巴德去追赶锤子时，汤姆关心地说：“伙计！你那样永远也不可能追得上！”

巴德的笑声经过无线电传过来：“这确实像你说的那样，过分偏离了我们的轨道！”

巴德最终赶上了锤子并成功地抓住了锤头。“是太空站，兄弟！”他边朝着汤姆急速飞来边说着。

他们在无边无际的太空艰难地移动着，两人都有些害怕了。他们能到达所预期的目的地吗?

当太空站在太空里隐隐约约地出现在前方时，他们一下子就放心了。这是人类在通往其他星球的路上建立的第一个太空站。这个壮观的太空站是由汤姆设计并指导建造的。

十二根辐条从太空站中心部分伸出来。有一根辐条用作天文台，上面有一架大的格子状的望远镜。另外一根——汤姆的太阳能电池“工厂”——承载着巨大的镜子，它将太阳光反射到电池充电的生产线上。联络部的辐条上布满了天线和雷达扫描器，而其他的辐条则是宇航员生活区、汤姆的个人实验室以及太空站的工作室。

“这里是太空站，呼叫宇航员！……请报告！”

汤姆和巴德回答了太空站里无线电操控人员的口令，以使他们的身份代码被识别。片刻后，他们便通过了太空站气闸舱的舱门。

“你俩都还好吗？”当他们把太空头盔摘下来时，太空站的指挥官肯·霍顿焦急地问道。

“我们现在很好。”汤姆笑着回答，“不过独自飞到这儿来是个很大的冒险。”

肯同两个男孩子热情地握手，说：“当我们的雷达员一开始发现你们的时候，确实吓了一跳。你们的飞船怎么了？”

肯大约30岁，身材瘦高，深色的头发短短的。他是一名退役的陆军少校，也是第一批接受汤姆培训的宇航员之一，他协助汤姆建造了太空站。

汤姆讲述了他们的载重火箭是怎么奇怪地偏离了路线，之后又无法跟上他们俩的。

“飞船通过无线电发送信息了吗？”汤姆给肯·霍顿简单说明了情况后，问道。

肯担忧地摇了摇头：“还没有。事实上，火箭没有按照预期的时间到达时，我们就试着联系你们了，但是没有得到回应。刚才我们询问了费林岛上的相关人员，他们也没有得到你们的消息。”

汤姆冷静地思考了一下当前的形势。难道飞船和宇航员们被绑架了?

“敌人有可能干扰了我们飞船的发射机。”汤姆推测，“如果他们能够影响我们的操控装置，那么他们很容易干扰到发射机。”

“但是如果那样的话，我们的宇航服无线电也就会被干扰了。”巴德提出异议。

“不一定。”汤姆回答说，“别忘了，我们的宇航服没出现什么问题——我想我知道为什么了。”

“为什么?”肯皱着眉问。

“我们的宇航服不仅有托马塞特涂层，还有一层铅箔。”汤姆解释道,“另一方面，载重火箭的外壳只有一层托马塞特。”

巴德兴奋地打了个响指：“我知道了！由于我们宇航服有双层保护，敌人发射的波无法穿透它。但是载重火箭只有托马塞特一层的话，他们就能穿过了！”

汤姆点了点头：“没错。铅箔和托马塞特之间一定有一种特殊的反应——一种我们还不知道的反应。幸运的是，我们的C型载重火箭具有铅箔和托马塞特两个保护层。所以，如果我的猜测是正确的话，我们的敌人没有办法干扰它们。我想它们是我们最后的赌注了！”

汤姆匆匆走进通信舱，用无线电给费林岛基地发布了命令，让他们尽快向太空站发射一艘C型飞船。

“收到。”费林岛无线电操作员回复。检查完发射区后，他又说：“发射台上已经准备好了，2个小时内就可以发射。”

接下来便是焦急的等待。汤姆和巴德吃了一顿热餐，然后强迫自己睡了一会儿。他们终于睡着了，似乎只睡几分钟，一位宇航员就把他们摇醒了。

“机长，载重飞船到了！”他向汤姆报告。

这架刚刚到达的飞船，是专门为到太空站短程运输而设计的。它被固定在了太空站的舱口处。汤姆和巴德穿着笨重的宇航服急忙通过气闸舱的舱门登上了飞船。

首先，汤姆把火箭丢失的最后位置的相关数据输入到宇宙飞船大脑里。接着他控制了装置并打开了回旋仪，以飞船方向为中心旋转。然后，他启动了火箭的发动机。突如其来的强劲气流减缓了飞船的飞行速度，同时使得离心力也大大减小了。现在重力产生的拉力使飞船按照弧形的轨迹朝着地球方向极速滑行而去。

“你看着望远镜，巴德。”汤姆发出指令，“我看着雷达。”

“好的，好的，汤姆！”

汤姆站在飞船雷达操作人员的后面，专注地看着屏幕。15分钟后，一对模糊的光点出现在屏幕上，挨在一起，但是光却非常微弱。

“有两个物体就在正前方，巴德！”汤姆大声喊道，“可能是火箭，你能分辨出来吗？”

巴德调整望远镜达到适当的位置。他的脸一下子显现出兴奋的表情，他说：“是火箭，汤姆。但是我还不确定是否一架是我们的，一架是敌人的！”

汤姆表情严肃地走回控制处，一只手摆好姿势准备转换自动驾驶仪，以备应急操作。他的飞船朝着两个未知的火箭方向前进。

第七章 夜晚警铃

片刻后，巴德大喊了一声："汤姆，右边的火箭是我们的！另一架的型号我从没见过。"

"让我看看。"

巴德急忙退到一边。汤姆通过目镜看了一眼，也无法辨别左侧那艘神秘的飞船。难道敌人正准备登上斯威夫特这艘陷入困境的飞船？

就在汤姆还在思考这个问题的时候，一阵火花从那艘未知飞船的放电通道里喷射出来。

"离子驱动！"汤姆大喊。这架飞船就像彗星一样已经飞走了。

汤姆并没有去追，他觉得看看被困住的斯威夫特宇航员是否安全更加重要。他将自己的飞船停靠在一边，用回旋仪扭转了飞行方向。接着他在操作发动机上重新调整了一个新的速度，使其轨道速度与搁浅火箭的轨道速度相等。

汤姆和巴德匆忙穿上了宇航服，进入了太空。宇航服的喷射机喷出了少量气体，将他们带到了另外一个火箭的入舱口。他们通过了气闸舱的舱口后，鲍勃和其他宇航员都兴奋不已地过来打招呼。

“天啊，见到你们我真是太高兴了！”大家围着这两个男孩，鲍勃大声地说。

“我们出发后发生了什么事情？”汤姆问道。

“飞船无法从轨道上移动。”鲍勃回答说，“我试图用无线电联系你们，但是没有回应。”

“不奇怪。你们的信号根本就没发出去。”巴德插话说。

汤姆解释说他们的敌人干扰了飞船的发射机，可能是因为这个火箭没有铅绝缘。接着他继续说：“鲍勃，刚刚我们赶走的那艘飞船有什么情况吗？”

“神秘飞机这个名字很适合它。”鲍勃回答说，“我们看不出它是什么飞机，也不知道它要做什么。但是有一件事情我知道——我们真的不喜欢它的造型，在你们出现的时候，他们刚刚准备登上我们的飞船。”

巴德说：“好险。”

汤姆问这架飞船是否有舱口或者舷窗：“我的意思是说你们能看见是谁在里面操控吗？”

鲍勃摇摇头说：“它有舱口，但是被遮盖上了。我们试过与他们用无线电联系，但是也没有得到应答——要么是我们的信号没有到达，要么是他们故意不回答。”

汤姆紧皱着眉头。他知道，就算有办法对付他们，现在追赶敌船的希望也是很渺茫的。

“我们再试试火箭发动机。”他最后说。

汤姆调回自动驾驶仪，将返回费林岛的飞行数据输入到“太空巷道”的大脑里。机器接收到信息后开始平稳运转。但是通过机舱的透明座舱盖向外看，他发现飞船并没有动，还在载重火箭旁边。

“我们完全被困住了。”巴德严肃地说。

“看来我们不得不把它拖回费林岛了。”汤姆决定。

于是，他从载重火箭的舱内推出一卷很轻但是非常结实的金属绳子。汤姆和巴德穿着宇航服，将绳索两端固定在了两架飞船的特殊配件上。然后，汤姆回到了载重火箭里，并让巴德进入这艘出故障的飞船内返回地球。

汤姆再一次操作了回旋反转仪，发动了操控火箭，速度减到轨道速度。飞船震动起来并沿着轨道开始飞。一瞬间绳索突然被拉紧，紧接着出现了一次强烈的颠簸，拉着后面的故障火箭飞船前进。

之后，他们以令人炫目的速度，朝着地球方向向下冲刺。当进入大气层的时候，他们又感受到了重力的存在。飞到地球黑夜的一侧时，飞速前进的飞船就像发光的彗星一样，最后，终于安全地在费林岛上着陆了。

飞船里的宇航员们登陆地面后，鲍勃·杰弗斯紧紧地握着汤姆的手说："汤姆，谢谢你让我们重返家园。"他简短地说，其他人围了过来也表达着同样的感激之情。

汤姆很感动，他尴尬地笑着说："伙伴们，很抱歉我们的飞船搁浅了。如果我知道敌人秘密地潜伏在那里，我就不会让你们陷入这样的困境。"

汤姆和巴德坐着喷气式飞机飞回企业集团。一下车，汤姆就去了安保部向哈伦·艾姆斯讲述在太空发生的事情。

"对此我只能想到一个好处。"哈伦评论道，"你的敌人显然还没有准备好致命的战斗武器，但是可能会很快就准备好。"

汤姆赞同地说："不管怎样，我们都要保持警惕。"

离开哈伦后，汤姆便朝着亚弗·汉森的办公室走去，看看正在制作的"太空风筝"的进展情况。

"我们基本上完成了。"亚弗推开焊接面罩说，"'太空风筝'应该能在明天下班之前制作好——当然除了安装万有引力球和射线反应器。"

汤姆打量着这个闪闪发光的装备，骄傲感油然而生。"做得不错，亚弗。"汤姆拍着亚弗肩膀说道。

"我现在顺便去费利克斯那里看看万有引力球怎么样了。"他说。

事实证明，费利克斯制作万有引力球的工作进展得不错。汤姆满意地返回了行政楼他和爸爸共用的双人大办公室。他们两人开始讨论最近发生的一系列令人费解的事情。

“不管是谁做的，显然他本身就是一个科学天才。”斯威夫特先生严肃地评论道。

“爸爸，我觉得这听起来越来越像是杰克所为——聪明而且不择手段。”

斯威夫特先生说他也想到这一点，并继续说：“他擅长做一些独特的事情，将自己隐藏得很深，让很多机构都找不到他。”

快到五点时，桑迪给汤姆打去了电话。汤姆和她聊了会儿后，便给巴德打去电话说：“今晚过来吃晚饭怎么样，伙计？女孩们正在等着我们去呢。”

“算我一个！”巴德欢快地说。

不一会儿，巴德便往汤姆的办公室走去。他穿着一件整洁的白衬衫，扎着领带，套着一件运动夹克。这两个男孩同汤姆的爸爸一起驱车回到了斯威夫特的家。

“你们好，陌生人！”男孩子们走进宽敞而舒适的客厅时，菲利斯·牛顿笑着说。汤姆看到这个深色头发的漂亮女孩，高兴地笑了笑。

“和往常一样，他们需要一个刻印的邀请函，才能和我们一起度过一个夜晚。”桑迪打趣地说。这是一个由来已久的笑料，汤姆和巴德几乎总是忙于工作，不能带着这两个女孩去任何地方。

“我们就是这么与众不同。”巴德承认道。

桑迪已经把桌子布置得十分漂亮了，晚餐还有烛光相伴。主菜是斯威夫特夫人做的口水炸鸡，接着端上来的餐后甜点是热乎乎的肉馅饼和冰激凌。

“汤姆，我希望你别计划那么快就飞回太空站。”巴德大声地说，“我怀疑自己今天晚上把所有的东西都吃光后，还能不能再离开地面了！”

汤姆笑着说：“你最好饿瘦几斤吧。我想尽快回到太空站研究射线反应器。”

“我希望你俩能在家里研究这个神秘的事情。”菲利斯大声地说。

桑迪问道：“有‘海洋战马’的新线索了吗？”

汤姆摇摇头说：“自从那次得到SS天龙女王的报告后就没有新线索了。但是只要‘战马’还在海上漂着的话，我相信那些海盗不可能永远藏得住它。”

斯威夫特夫人巧妙地将谈话引到了一个不那么严肃的话题上。不一会儿，她便说菲利斯带来了一些新唱片。“你们不想听听吗？”她问道。

“哦，想听。”汤姆回答。

桑迪把一堆唱片放在了高保真唱片机上，这两对年轻人便伴随着音乐跳起舞来。可是20分钟后，音乐被一阵震耳而嘈杂的轰鸣声打断了。

“有人触发了警报系统！”桑迪紧张地大喊。

斯威夫特家周围的地面都被无形的磁场所包围着，斯威夫特一家人以及他们的好朋友都戴上了一种特殊的手表，这种手表里面安装有小型减活剂圈，可以避免听到警报声。

桑迪跟着汤姆匆忙去查看这位不速之客——或者也有可能是个入侵者。前门处传出很响的重击声。汤姆打开了走廊灯，然后猛地推开了门。

“费利克斯！”他惊讶地说。这个年轻的工程师踉跄地走了进来，几乎倒在了地板上。汤姆一下扶住了他的朋友，没让他跌倒。

“天啊！”桑迪大喊一声，“这是怎么了？”

费利克斯虚弱地喘着气，说不出话来。汤姆和巴德扶着他坐在椅子上，大家都焦急地围过来。不一会儿，斯威夫特夫人给他端来一杯水，他才说出话了。

“有人追我！”他解释说，“那些人可能还在外面等着呢！”

斯威夫特家的两条侦探猎犬急躁的叫声从花园后面的狗舍里传来，这引起了汤姆的疑心。于是，他和巴德立即冲到外面，但是等牵着两条狗绕着院子快速地巡视了一圈完后，发现费利克斯的追击者已经逃跑了。

等这两个男孩子回到屋子里时，费利克斯开始讲述事情的经过。晚上，他正在肖普顿的一家餐馆和朋友们吃晚饭。吃饭

期间，他偷听到了四个B国人小声地交谈着。

“他们提到了‘汤姆’这样的名字，之后还提到海狗。”费利克斯继续说，“我确定他们在谈论你，汤姆，他们很可能说的就是‘海洋战马’。”

汤姆聚精会神地点了点头，说：“这个是重要的信息。后来发生什么事了？”

“我担心如果我给哈伦先生打电话，那些人就会发现，所以我看看这四个人。”费利克斯继续说，“但是当跟朋友借故离开餐馆的时候，他们一定是觉得我偷听到了他们的谈话。”

离开不久，费利克斯就感觉到有两个男人跟着他。他立即改变了路线，想甩掉这两个跟踪者。然而，他回头瞥了一眼，看到其中一个人拔出了一把枪。随即，费利克斯朝着这个似乎最近的安全地点，也就是斯威夫特的家里逃命似地奔来。

“我差一点就成功了。”费利克斯微颤了一下，最后说，“相信我，我从没跑过这么快！”

他描述了那四个人的样子，随后汤姆急忙给哈伦·艾姆斯打电话报告这件事情。不到一个小时，这位保安主任就回了电话。

“汤姆，警察已经找到这几个人的踪迹了，但是我们不走运，有人看到这四个人在一条街道的拐角处上了一辆客车。

一辆警车在公路上拦截了这辆客车。可是司机说这四个人在小镇郊区附近下了车。而餐馆老板没能给出任何线索，说是不认识他们。”

汤姆尽力掩饰着失望：“好吧，哈伦，如果警察得到任何线索就赶紧告诉我。”

斯威夫特先生开车把费利克斯送回家，几个年轻人又跳了会儿舞。但是这个不好的插曲破坏了这个晚上的轻松氛围，巴德和菲利斯很快就互道晚安了。

第二天早晨，汤姆刚刚到企业集团的办公室就接到了费利克斯的电话。这个年轻的工程师声音很激动。

“汤姆，这可能是，也可能不是线索。”他说，“但是我相信跟踪我的其中一个人不是B国人，而是伪装的。”

“为什么这么说？”汤姆紧张地问道。

“因为，”费利克斯回答说，“昨晚在回想整件事后，我好像以前认识那个人！”

第八章 故障排查

汤姆紧紧地握着电话，双眼闪烁着光芒，显得饶有兴趣。如果这个人伪装成了B国人的话，那他们就有可能在肖普顿附近认出这个人！

“好好想想，费利克斯。”汤姆乞求着，“试着回忆你曾经在哪里见过他。”

“我从今天早晨醒来就开始想这件事了。”费利克斯回答说，“我只是想不起来在哪里见过他。不过，我确定我迟早能想起他的名字来。”

“好吧，希望你能早点想起来。”汤姆打趣地说。刚要挂断电话，他突然闪出个新想法：“等一下，费利克斯，如果这个人就是在企业集团工作的话，那么你能认出他吗？”

“我可以试试。”费利克斯同意了。

“好的！我一会儿去接你，然后我们一起去车间走一趟。”汤姆说。

汤姆跑到外面开着吉普车往费利克斯的部门飞奔。费利克斯听见车喇叭的声音，便匆匆地跑了出来，上了车。他们开始对斯威夫特企业集团的建筑物一个接着一个地查访。

他们查看了实验室、工作间、测试室和飞机库，甚至医院和保安部。在车间的每一个部门，费利克斯都默默地扫视了每一个员工的脸。行政楼的男性员工也被看了一遍。但是没有一个人让费利克斯眼前一亮，闪出肯定的目光。

“还有一丝希望。”汤姆说，“我们去仔细检查每天旷工的名单，然后到安全档案里查他们的照片。”

然而，两人的努力再一次一无所获。

“抱歉，汤姆。”费利克斯满怀歉意地说，“我希望能够尽快认出他。”

汤姆隐藏着他的失落，说道：“没关系，费利克斯，这需要长时间的寻找，不管怎么样，在企业集团里没有出现叛徒我还是高兴的。”

汤姆思考了一会儿说：“我还有一个建议。你尽量多去那家餐馆吃饭。因为你可能会回忆起一些事情，让你想起这个可疑的人物。”

“好主意。”费利克斯答应了，“我会常去的。”

汤姆开着吉普车回到自己的实验室，给费林岛基地打去电话。他命令基地准备一架载重火箭，一点钟发射。接着他又给巴德打了个电话。

“能陪我去一趟太空站吗？我大概会在那待几天研究我的射线反应器。”

“算上我，汤姆。”巴德回答说，“如果你的那些神秘敌人再耍花招，我是肯定不想让你一个人在太空中漂泊的！”

汤姆笑着说：“谢谢你，兄弟。如果我们又陷入困境，或许我们应该办一个太空出租车服务了！总之，我们十一点半在机场见面。我们预计一点钟从费林岛起飞。”

“好的。”

汤姆最后给企业集团的自助餐厅打了一个电话，让乔·温克勒在十一点的时候将一份三明治午餐送到他的实验室里。他很早就定了一个规矩，那就是在起飞前至少两个小时内不吃东西。接着他开始忙于研究“太空风筝”射线反应器的一系列草图和工程计算。

“抬起头来，朋友！流动炊事车来了！”十点五十五分的时候，乔·温克勒推着餐车进来了，用他那粗哑的口音低沉地喊道。他的光头上戴着白色厨师高帽子。

汤姆惊讶地抬起头：“天啊！已经十一点了吗？”

“还差五分钟，老板。尝尝我做的肉饼，你应该停下工作，让你疲劳的大脑好好休息一下了！你写出来的那些潦草数字都足以使一头奶牛发疯了！”

汤姆笑了，他看见乔打开了午餐的盖子，便放下了计算尺：“嗯！热的烤牛肉三明治和柠檬蛋白派！乔，我没想要这么多。”

“都吃光，孩子。你用脑这么多，需要营养！”乔将自己这个大块头慢慢移动到了汤姆工作台对面的实验凳子上，“巴德那小子说你们要出发去太空站。”

汤姆点点头说：“我要去几天，需要忙点‘太空风筝’的事情。”

“那带着我去吧，老板。”乔恳求道，“我听说，你们可能遇到麻烦！”

汤姆深情地看了一眼这位老人。自从斯威夫特一家去西南部进行科学考察时第一次遇见到他，他就对这个年轻的发明家产生了深厚而忠实的感情了。

“好吧，朋友。”汤姆笑着说，“欢迎你能和我们一起去。但是你得抓紧时间。我吃完这些就要出发去费林岛了。”

“太好啦！”乔模仿了一声野马的叫声，把自己的厨师帽子朝着墙上的挂钩扔去，他那一股子探险的热情从未减退，“当我摘下帽子，解下围裙时，我就准备好了。”

十一点半，汤姆和乔驱车抵达机场，巴德早已在那儿等候。几分钟后，他们驾驶着喷气式飞机朝费林岛疾驰而去。

着陆时，火箭已在发射区等候。还有两个宇航员在一旁等候，他们是被派来同他们一起出发的。宇航员们依次登上传送带，进入驾驶舱。

渴望能够再一次进行太空旅行的乔坐在了加速座椅上，系上了安全带：“好了，孩子们！让我们飞起来吧！”

“别着急，乔。我们还得等待最后的检查、雷达报告还有倒计时。”巴德笑着提醒。

起飞时的震动让宇航员们僵直地躺在椅子上。重力带来的压力让他们无奈地躺在那里，同时将他们的血液和皮肤紧紧地向下拉扯，他们都变成了一副呲牙咧嘴的模样。当汤姆的反重力中线补偿器起作用时，这种压迫感逐渐减弱了。

直到定时器显示火箭的最后阶段结束，才有人开口说话。然后，当火箭通过降落伞慢慢飘降，以便于被费林岛基地的拖车拖回时，汤姆一行人直直地坐在座位上。

“再一次在这里飘浮，感觉怎么样，乔？”汤姆问。他按动了按钮，座舱盖打开了。

乔透过透明石英玻璃凝视着，他说：“像我这样的糟老头子看起来可能不像是一只云雀，但是每次看到下面远远的小地球的时候，我确实感觉到自己就是一只云雀！”

巴德大笑说：“你如果长着两只翅膀的话，看起来会很可爱，乔，飞过那片广阔的蓝天。哇，你的叫声会有多么狂野！”

乔温和地笑着说：“你提醒我了。上次我去太空站的时候，放了一把吉他在那里。看来，你好像没有太注意到我的音乐天分。巴德，等我们到那儿的时候，听我最新的歌谣吧。你会震惊的！”

巴德呻吟一声：“哦——哦！我还真不知道！”

在他们起飞之前，汤姆就命令使用雷达和望远镜持续观察那个神秘的火箭是否出现。但是当他们飞到地球上空太空站的轨道上时，并没有侦测到它的任何踪迹。

“可能杰克或者他的同伙没有预料到我们回来得这么快。”汤姆推测说。

巴德不是很确定。“别忘了。”他指出，“如果他们能搞乱我们的操控系统，使我们的无线电阻断，他们就有可能轻而易举地中断我们的雷达。”

“只有一层托马塞特涂层的火箭才会发生这种故障。”汤姆说，“我们这次是在C型火箭里——忘了吗？”

“如果他们改良了自己的辐射干扰器的话，”巴德争辩道，“它就能穿过铝箔和托马塞特的双层涂层了。”

“你们刚刚说的辐射干扰器是什么？”乔插话说。

“那是我们神秘的敌人制造出来的小器械，用来干扰人类脑电波的。”巴德面无表情地回答，“它甚至能让我们变成疯子。”

乔向汤姆眨眨眼睛说：“干扰我们的脑电波，嗯，巴德？哎，我猜那就意味着你没有危险，孩子！”

巴德听到乔的回答大笑道：“看来你已经明白什么意思了，朋友。”巴德笑着慢慢地说。

下午三点，乔给宇航员们准备了压缩面食。“对于一位有自尊心的炊事车厨师来说，给大家分食这个泥状的食物并不适合。”乔抱怨说，“不过在我从太空站搞到些像样的食物之前，你们的胃可能会认为这些是好东西。”

两个小时后，透过宇航员机舱内的视野窗，可以隐隐约约地看到巨大的银色太空站了。它看起来似乎是静静地悬浮在漆黑的太空里，但事实上却是以每小时10000千米的速度绕轨道运行着。

汤姆由自动驾驶调成手动操控，这样才能将火箭移动到停泊点。火箭的气闸口与太空站的进口舱刚一对接上，汤姆就打开了磁性钩绳。但是控制面板上本应闪烁的绿色灯没有亮。

“等等，汤姆。”太空站的无线电操作人员发出信号，“自动对接装置出现问题了。”

他们匆忙地全面检查了一遍，但仍没有找到问题所在。汤姆稍稍将飞船退了退，接着说：“你来驾驶，巴德。”

年轻的发明家汤姆穿上宇航服，从气闸舱舱口出去。乔和其他宇航员在船上看着他快速飞到太空站，检查着连接处。接着，汤姆通过进口舱进入了太空站。然后，便是一段冗长而沉闷的等待。

“到底是什么东西出故障了？”乔心神不安地问道，“他们是要返回地球取新零件吗？”

说话间，汤姆从太空站里走了出来，穿着宇航服的肯·霍顿紧随其后。两人都拿着工具，修理对接装置。

最后，汤姆给巴德示意重新停泊一次。当他将飞船向前移动时，巴德感觉到操控发动机受到了一股轻微的冲击力。

“哦！”汤姆大叫了一声。

飞船靠近得太突然了，他带着金属手套的右手被卡在了自动对接装置里！

第九章 宇宙风暴

“啊呀！汤姆卡住了！”乔沧桑的脸吓得惨白，“想想办法啊，巴德，快啊！”

巴德吓坏了。他疯狂地操纵着将飞船退后，但显然，这个对接装置出了故障。

“我动不了！”巴德慌张地说。他已经关闭了对接装置的电磁供能开关。绝望之下，他再一次启动操控发动机，试图用蛮力挣脱开。

“等等！”肯·霍顿通过无线电镇定地说，“这样会把整个太空站拽脱轨。我必须用手帮汤姆解脱出来。”

巴德关掉发动机，忐忑不安地与其他宇航员们一同看着霍顿拿着工具去营救。如果汤姆的手套被扯破，宇航服内空气泄露的话，大气压就会骤减，他的身体就会在真空中爆炸的！

接下来的几分钟似乎无比的漫长。突然，他们看到汤姆把手拉了出来。他右手的手套被对接装置搞烂了，他正用左手抓着宇航服的右边袖子！

巴德惊慌得脸色苍白，立即将飞船后退。令每个人都诧异的是，汤姆显然没有受伤，他与肯·霍顿快速地进入了太空站的入舱口。

乔抽泣着说：“哦，希望汤姆平安无事。”

巴德急忙将飞船重新停泊。这一次磁性钩绳很顺利就对接上了。然后，所有人都通过气闸舱舱口进入了太空站。乔在后面边走边喘着粗气。

片刻后，看见汤姆笑着和大家打招呼的时候，他们都松了一口气。他的右手被宇航服的袖口紧紧地裹着，并没有受伤。

“别担心。我的手指还能动。”大家把宇航服的头盔摘下时，汤姆说道。他动了动手指，向大家证明没事。

巴德坐在甲板上，从震惊中恢复过来。“汤姆，我做了这样又蠢又危险的事情，你能原谅我吗？”他恳求道，声音干哑。

“这不是你的错。”汤姆安慰他的伙伴，“我给你向前走的信号，而且我看见飞船过来了。但是对接装置启动功能完好的一瞬间，我的金属手套被它的磁力吸引了过去。我无法及时地把它拿开，甚至无法用我的宇航服无线电说话。显然是磁力产生的感应电流干扰了我信号的输出。”

巴德擦了把额头渗出的汗。乔和其他宇航员仍然脸色苍白。

“我想不明白你是怎么保住这只手的，汤姆？”一个宇航员问。

“当我意识到我的手套被对接装置吸住的时候，我就把手缩回了袖子。”汤姆解释说，“而且缩得恰到好处。幸运的是，我用另一只手套紧握住了我的袖子，因此几乎没有漏气——否则就真的麻烦了。”

“我可不想再遇到如此惊险的一幕！”乔弱弱地低声说，“难道不能想想办法让这种事别再发生？”

“他说得对，汤姆。”肯·霍顿说，“我会发布一个永久的命令——从现在开始所有宇航员在没有戴无磁性的太空手套时，都不能进行磁性对接的工作。”

这些人对他们的指挥者——汤姆的劫后余生还有些心有余悸，于是他们在太空站的休息室休息了一会儿。乔这时去厨房，给汤姆的小组成员们准备了几杯热可可。

“好极了，喝这个确实能恢复体力，乔！”汤姆感激地笑着说。

正在他喝最后一口时，舱内的警报铃声大作。突然，汤姆和他的朋友们感觉到轻微的摇晃，接着太空站开始旋转！

“大家抓紧了！”汤姆大喊。

巨大的太空站旋转得更快了。巴德和两个宇航员被吓到了，从椅子上甩了下来。乔重重地摔在了甲板上。汤姆及时地抓住了舱壁装置，才没摔倒。

太空站以令人眩晕的速度旋转了几分钟，可可杯子从大家的手上猛地甩出来，热可可溅得到处都是。幸运的是，为防止此类突发事件，休息室内的所有的物品早都被固定下来。

巴德、乔以及两个宇航员拼命去抓任何能抓到的东西——但是还没抓到，就都重重地摔倒了。

旋转持续了几分钟，接着肯·霍顿的声音从对讲机的扩音器中传来："大家注意了！紧急事件马上结束，用辐条上的喷气平衡器通过喷射来抵消旋转……重复一遍：这马上就会结束！大家抓牢再等几分钟。"

旋转已经明显减慢，不久就完全停止了。汤姆、巴德和其他人挣扎着站了起来，然后瘫坐在最近的椅子上。

"这就像跳起来打地鼠一样！"乔哼哼唧唧地说，"比骑在疯了的野牛身上还要糟！"

"是什么导致太空站旋转的，汤姆？"其中一个宇航员问，他在太空站只工作过很短一段时间，之前的工作任务大多数都是载重飞机服务。

"是宇宙射线辐射。"汤姆回答，"就像风一样呈波状来袭。"

汤姆解释说太空站没有人造重力。在甲板上有磁力较小的磁场，这是用来吸引住宇航员鞋子上的金属板的。这个力再加上来自于地球微弱的自然重力，足够保持人们的健康并能使他们从事正常的工作。

“你们或许知道，”汤姆继续说，“宇宙射线影响着这上面所有的仪器。而像我们刚刚经历过的真正的宇宙风暴一样，会产生一些奇特的影响。在这种情况下，它肯定会触发我们太空站的稳定机制。”

巴德苦笑着说：“我敢打赌你的太阳能电池充电设备在发生风暴时也在加班加点！”

汤姆若有所思地点了点头：“还有一件事，巴德，宇宙风暴所带来的危险是个问题。迟早得用我的‘太空风筝’解决它。”

太空站的工作恢复正常后，乔返回厨房。食品储藏室储藏了很多食物。晚餐时，乔准备了一桌丰盛的大餐，有填料的烤火鸡和涂着生奶油的巧克力布丁。

“哦，好美味的晚餐！”吃完饭后，肯·霍顿赞赏地说，“你应该常来这里看我们，乔！”

其他的宇航员都真心地赞同。“或许我们可以说服他待在这里。”一位技术员建议说。

乔沧桑的脸上露出笑容。“对于一个厨师来说，再没有比给胃口好的人做美食更开心的事情了。”他说，“非常感谢你们的盛情邀请，但是我还是更愿意干我的本行——在斯威夫特企业集团中做些粗活。但是我会送你一点餐后音乐。”

乔离开伙食舱，几分钟后再出现时，他摘掉了围裙，穿上了他最喜欢的那件花哨的牛仔衬衫，吉他带子也挎在了脖子上。

“我早就答应巴德今晚来几段吉他音乐，所以我一定不能让他失望。”乔朝着他的观众们眨眨眼。弹了一段前奏之后，乔开始用他那雾号般的嗓音轻轻地歌唱：

那年我离开家乡，

来到外面宽广的世界闯荡。

我真的从未想过飞上蓝天！

哦，我的炊事餐车咯咯作响，

他们的音乐能歌唱，

但是他们从没有疯狂

就像这个太空站一样！

待到坐上火箭时，

这匹狂野西部野马心花怒放！

那些流星比左轮枪更加致命！

当我能在广阔的银河里放牛，

我就回到我的家乡。

那才是我落叶归根的地方！

这位牛仔还没有唱完，他的观众们就哄堂大笑。弹奏最后一声弦音后，他们的掌声震动了这个伙食舱。

第十章 恐吓电话

第二天早晨，汤姆就忙着去太空站实验室研究宇宙射线反应器了。

大部分计算尺的计算和工作草图都已经完成了。

“现在就看我这个胆大的想法能不能成功了。”汤姆谨慎地自言自语着。

几个小时后，巴德发现他正焊接一个巨大五边形装备的外壳。

“我的天啊！这是什么？”巴德问。

“射线反应器的外壳。”汤姆解释说，“你在‘太空风筝’模型里看到的是它的微型。它形成了机身的后围，万有引力球的圆锥体从这中心穿过。”

“嗯。”巴德挠挠头，“你能简单地说说它是怎么工作的吗？或者说，这对于像我这样笨的人来说是不是太深奥了？”

“不要这么谦虚嘛，巴德！”

汤姆笑着说：“但是，我还是试着用不是很专业的词汇和你说说主要的内容吧。”

汤姆从工作台上拿起铅笔和纸，画了一张简图，那就是这个反应器最终装配出来的样子。

“宇宙射线会进入滤过层，然后经过调整层，最后在进入真空层后改变速度。”汤姆开始说。

他接着说，这时，射线在进入机器的中间部位后，折射装置就会吸收宇宙射线的能量——因此就会给整个装置一个与射线方向相同的“推力”。

“看到反应器这一侧的外壳了吗？”汤姆指着说。

“它是做什么的？”巴德询问道。

“这会成为一个方向转化器——逐渐变窄成输出口。”汤姆回答说，“可以这样说，只要我们不想给‘太空风筝’‘推力’了，它就可以避开宇宙射线。或者当我们得到的射线能量太大时，就能用它‘减少’一部分射线。”

“嘿！你讲得很简洁，汤姆。”巴德拍着他的朋友后背说着，“你解释得这么简单，我都能看到一个很清晰明了的画面！”

汤姆大笑道：“好极了，如果它能像我解释的那样运行，我就开心了。”

汤姆又继续工作时，巴德说他一早晨都待在这个占据了太空站整个辐条的天文实验室了。

“他们正在研究金星。”巴德报告说，“事实上，他们让我窃听他们用无线电望远镜获取的一些信号——但是我猜像你这样的太空天才应该已经知道这些了。”

汤姆笑了笑说：“所有的星球都会发出这样的无线电信号，这样我们就可以了解它们的热度，因为信号发出的频率取决于星球表面的温度。”

“你觉得这个是好是坏呢？”巴德做了个鬼脸，“对于这一点，我希望我敏锐的技术知识会让你惊讶。据我了解，金星的表面温度是极热的，达到了464℃——几乎是水沸点的5倍。”

巴德继续说，太空站的宇航员曾告诉他这可能意味着这个星球的核心是热的。或者说，这可能是由于光照引起的，因为围绕金星厚厚的云层会引起“温室效应”，产生了吸热的效果。

“他们指出那就意味着在金星这样高的温度下没有生命能够存活。”巴德最后说，“那里很可能只有一堆荒芜的石头与沙漠。”

汤姆皱着眉头，放下了手中正在锉焊缝的锉刀：“巴德，这个观点我不赞同——我是指，关于金星上不存在生命的观点。”

“为什么？”巴德急切地问道，“你有证据证明金星有生命存在吗？”

汤姆摇了摇头：“没有，我的意思是我们只是不知道有生命而已。我承认我们星球上的生命形态在那样的条件下无法存活。但是别忘了，地球上的生命是由最初那些特别适应地球环境的生命而逐渐形成的。但是那并不能证明其他星球上的生命情况。”

“因为我们都知道，生命的所有形态——甚至我们无法想象的形态——有可能已经在金星上那样的环境下逐步进化并存在了。自然界对于我们这样微小的生物来说太过广袤，我们不能断言它不可能做某些事情或者存在某些未知的生命体。”

“我明白你的意思了，汤姆。”

“还有一件事情。”汤姆继续说，“我们如何定义生命？是能量的一种形式？那么，所有运动中的物体都有能量，即使是像石头这样的无生命物体。所以，这样定义的话，金星上一定有‘生命’。”

“好吧，我被你说服了。”

“我必须承认。”巴德笑着继续说，“你和你的发明已经让太多声称‘这不可能做到’的科学家们感到自愧不如。”

汤姆大笑起来：“这才是我兄弟讲的话嘛！但愿这个‘太空风筝’的项目不会愧对你的溢美之词！”

接下来的两天里，汤姆为射线反应器费尽了心思。他完成射线反应器后，就和巴德穿上了宇航服，到太空站中心的外面进行安装了。

即便是少量的宇宙射线，也足够对太空站产生虽小却可测量到的推力。

两个男孩回到太空站时，既兴奋又开心，对肯·霍顿讲述着实验结果。

“它起作用了——确实起作用了。”汤姆告诉他。

“我早就知道会这样！”肯笑着说，“我之前还在想你们会不会让我们脱离轨道。”

第二天早晨，汤姆和宇航员们坐上载重火箭回到了费林岛。他将反应器用运载喷气式飞机运回企业集团，移交给了亚弗·汉森。在那里他得知，“太空风筝”机身和万有引力球都已经完工了。

“天啊，真是个好消息，亚弗！”汤姆说，“尽快将这个反应器和万有引力球安装上，可以吗？我迫不及待想试验‘太空风筝’。”

“我也非常着急。”亚弗笑着说，“如果这个宝贝不能飞的话，我就是这里第二失望的人！”

汤姆回到办公室不久，费利克斯就匆匆过来找他：“汤姆，刚刚听说你回来，我就想最好立即来见你。我有事情向你汇报！”

汤姆的眼睛一亮，饶有兴趣：“是想起了在哪里见到过那个跟踪你的人吗？”

费利克斯点了点头：“是的。我听了你的建议，前几天晚上一直都去那个餐馆，然后，昨天我在公寓接到了一通恐吓电话。”

费利克斯继续说，那个陌生人威胁了他：“离开这个小镇，否则你将会很惨！”然后那个人就挂断了电话。

“知道他是谁吗？”汤姆问。

“我确定他就是我和你说起的那个人。”费利克斯激动地说，“就是那个假扮成B国人的那个人。一接通电话我就听出来是他的声音了。我在B国时认识他，名字叫奥林·惠利！”

“这真是一个大新闻。接着说。”汤姆催促着。他感觉那个奥林的B国背景可能和杰克有关联。

“奥林是B国一所学校的老师，我曾在那就读过。”费利克斯接着说，“有一天警察以走私罪逮捕他，但是奥林逃跑了。”

费利克斯说奥林是一个45岁的A国人，中等身高，深色皮肤。他不仅会说B国话，还会说B国很多方言。

“接到那个电话后，”费利克斯继续说，“我便直接赶到了餐馆，和老板描述了奥林这个人，得知奥林是这里的常客，冒充成了B国人，名字叫萨姆·华。”

“你把这些信息都报告给哈伦·艾姆斯了吗？”汤姆问。

“是的，他联系了警察。”费利克斯答道，“警察立刻进行了调查，但是到目前为止还没有找到奥林的行踪。哈伦认为他很有可能猜到我辨认出了他的声音，所以就消失了。”

汤姆仔细考虑了这条信息。“不管怎样，费利克斯，你给我们提供了个重要的线索。”他最后说，“我确定这些信息会很有用的。”

“我当然希望如此。”费利克斯说。

费利克斯离开后，汤姆就给保安部打去电话。哈伦·艾姆斯没有关于奥林调查的最新消息。

“但是，昨晚我确实收到了国际刑警组织发来的消息。”哈伦接着说，“电报说有人在L国瞥见了杰克的影子。但是还没能跟踪到他，他又消失了，很可能是坐船或者坐飞机离开的。”

“很抱歉。”哈伦又说，“没有‘海洋战马’的新消息。”

“还是要谢谢你，哈伦。”汤姆说，“一有消息就通知我。”

到下午三点钟左右，“太空风筝”已经安装完毕。汤姆和巴德匆匆来到亚弗的工作室进行检查，一切似乎都在有序地进行着。

“亚弗，如果今晚它能飞到费林岛，”汤姆发出命令，“明天早晨我们就会进行试航。”

第二天黎明时分，汤姆和巴德飞到了费林岛火箭基地。“太空风筝”被安装在一个小型单个火箭的助推器上，为它飞过大气层提供推力。

“哇！”当巴德看到这个简易的飞机时，兴高采烈地大笑着，“这将是我第一次坐‘太空风筝’。”

然而，汤姆的表情很严肃。他们将要进行的是一次有史以来最为危险的实验之一。

第十一章 漂 泊

两个男孩爬上了支撑火箭的起重机，通过反应器外壳顶端的机舱口进入了“太空风筝”里。汤姆将舱盖紧紧地盖好，又和巴德坐在了驾驶员和副驾驶员的座位上。两人迅速戴上耳机，扣好安全带。

“这里的装置安装得很紧凑。”巴德赞赏地评论道，“但不用绑在座椅上了，感觉还有点奇怪。”

他知道是因为这个“太空风筝”不像其他宇宙飞船那样，不需要在短时间内必须达到高速。相反，它只需火箭的推力足够强大，强到能支撑他们到达有宇宙射线的区域即可。

汤姆点了点头：“这里的空间太小，我们都没有地方躺着。不过，这里是麻雀虽小五脏俱全——一切都能正常操作。”

在他们前面的就是控制板，而在小型甲板下面则安装有空调设备。舱内还有一个工具箱、他们的宇航服以及一些应急用品。

他们头顶的透明圆顶棚是用一种特殊塑料与玻璃的合成物制成的，重量轻，但是几乎和石英玻璃一样坚硬。同时它也是有颜色，从而可以保护他们避免太阳的辐射。

检查一项接着一项，最后一分钟的电路检查、机械检查以及燃料检查都结束了。

“全部检查完毕！”无线电报道声音传来。

“准备倒计时！”斯威夫特的首席工程师汉克·斯特林的声音从耳麦里传来。这个性格安静但有些小气的工程师负责“太空风筝”的发射任务。

“……3……2……1……发射！”

火箭在发射台上盘旋起来，随着一阵翻腾的烟雾与火焰，它铆足了升空的动力。这两个男孩子突然发现自己朝着天空冲了出去。由于火箭巨大的冲力，他们就像是被牢牢钉在座位上一样。

火箭的速度逐渐加快，汤姆和巴德眼前的天空由蓝色逐渐变成深紫色。他们现在经过了平流层，正在进入空气稀薄的大气层上空。在他们进入了电离层后，发射管制台的电子脉冲使火箭助推器与飞机分离。

汤姆的手指伸向控制板，打开了万有引力球和射线集中器。

宇宙射线给“太空风筝”提供了新的推力，这两个男孩立即重新感受到了重力。几乎在同一时刻，万有引力球产生了反向拉力，强大的地球引力，让他们保持在地球的引力范围内。

“起作用了，汤姆！它起作用了！”巴德欢呼着。

汤姆笑了笑，但是他的眼睛一直都没有离开过操控表盘。因为接下来的几分钟里，他正忙于调节开关操纵杆，又调整了旋钮，让射线反应器和万有引力球达到合适的数值。

此时，“太空风筝”正在平稳地上升，速度增加得很平缓，所以汤姆和巴德可以自由活动手臂。在他们的身边，是无数的繁星点缀在宇宙的黑夜里。

“情况怎么样，汤姆？”乔治·贝林发来无线电。

“目前为止都很顺利。”汤姆开心地说。

接着，发射区的工作人员进行了技术检查。仪表盘上的指数由发射管制台遥测发射器自动发送，汤姆又结合飞机的性能进行了加密操作。全部完毕后，两名宇航员坐回自己的座位，开始享受他们“太空风筝”之旅。

“汤姆，这简直是太棒了！”巴德大声说，“你知道的，未来某一天，人类也许可以在闲暇时候坐上“太空风筝”去游玩，就像去滑雪或者潜水一样。”

“有可能。”汤姆笑着说。

两个男孩正看得入迷，而此时射线测高仪的指针也在平缓上升，从地球上空的5000米，上升到10000米……25000米……50000米。

每小时1000千米的增速似乎和汽车里程表上每小时2千米的

增速一样。两个男孩在太空中以惊人的速度急速飞行——然而他们始终都舒适地坐在里面，观看着眼前星光闪耀的宇宙奇观。

“汤姆！快看！”巴德突然向前探身，拉长了安全带，指着雷达示波器，此时，在屏幕上出现了一个小的物体光点。

汤姆立即警惕起来。他调整了雷达控制装置，将光点变得更加清晰。雷达屏幕上显示出该物体的方位，显示出这个不明物体正朝着他们所在的轨道上飞来！

“我的天啊！它会撞上我们的！”巴德惊恐地大叫一声。

听到这句话，汤姆立即调整了射线反应器和万有引力球，让“太空风筝”紧急改变路线，之后盯着雷达示波器。几乎同时，那个亮点也改变了路线，然后朝着他们撞过来！

“看起来它是在跟着我们。”汤姆紧张地低声说，“又或许是我们在吸引它！”

“它在那儿，我看到了！”巴德大喊。

那个闪光的物体正以彗星的速度径直朝着他们飞来，在他们眼前一点点变大。

一阵令人失明的炫光过后，这个物体不见了。

“它崩溃了！”汤姆倒吸一口气说。

“或者爆炸了！”巴德擦了擦前额的汗，脸色苍白。

两个男孩第一次感到心脏跳得如此厉害。整件事发生得如此之快，以至于他们还没有完全意识到恐慌。

“汤姆，你认为那可能是敌人的导弹吗？”

“有可能。”汤姆面无表情地说，“它也可能是个流星。”

巴德松了一口气说：“不管它是什么，伙计，只要我们不用再想尽办法逃脱，我就非常高兴了。”

“同感！”汤姆赞同道。

他判断出距离月球的轨道还有一半的距离。但是当测高仪继续升高时，“太空风筝”突然疯狂地开始加速。

“嘿！发生什么事情了？”当巴德能发出声音时他大喊道，这个突然间的推力将他固定在了座位上，突然间他感觉喘不过气来，“你调节控制装置了吗？”

“没有，但是我最好尽快调节一下——立即！”汤姆回答说。

甚至就在他说话间，“太空风筝”的速度再一次加快，现在也在持续加速着。由于巨大重力的压迫，汤姆拉伸着每一块肌肉时都得使出浑身的力气去控制操纵装置。

“这又是一次宇宙射线风暴，巴德！”汤姆气喘吁吁地说。

就在他调大万有引力球的装置并读取仪器上的读数时，他又失望地大喊了一声：“万有引力球无法控制我们了，巴德！我们还在加速！”

他们那提供地球拉力的“风筝线”已经断了！这只小飞船失去了控制，正在向外层宇宙空间飘去！

巴德只能在惊慌中呆呆地看着。由于不是完全了解万有引力球和射线集中器的原理，他无法帮忙处理这个可怕的突发事件。

与此同时，汤姆有力的双手正在用力调节操控装置。最终，他转动了反应器的方向转化器，从而躲过了连续不断的宇宙射线所带来的新一波推力。“太空风筝”停止加速了，几乎同时，重力带来的压力也减小了。

然而，虽然“太空风筝”不再加速了，但还是以惊人的速度在偏离地球的方向飞行。汤姆想尽办法通过全力操作万有引力球以及重新给方向圆锥体设定方向的方法来解决这个难题。

“我希望能将飞机挪动到一个平稳的轨道上，巴德。”汤姆低声说，“但是那样的话，我们就回不到地球了。你用无线电联系费林岛，然后告诉他们快速发送‘挑战者号’到这里来！”

“好的！”

巴德因为能帮上忙而感到高兴，他迅速联系了费林岛火箭基地，而汤姆则像雄鹰一样观察着仪表盘。乔治在小岛的联络中心接到了呼叫后，立即转接给了在发射管制台的汉克·斯特林。

“半个小时内，我就会将‘挑战者号’准备好。”汉克说，“同时，请在进入轨道后尽快发送你们所在的位置。”

“好的！”巴德回复道，此时的他因听见自己冷静的声音而有些吃惊。

两个男孩的脸都因为紧张而紧绷着。

“我们胜算大吗，汤姆？”巴德轻声地说。

“这要看我驾驶这个“风筝”的技术有多好，还有他们能多快到达这里。”汤姆严肃地说。

巴德与汤姆对视着，两人都想到了另一个没有说出口的问题。

在营救到达之前，他们还能活着吗？

在汤姆竭尽全力操纵着“太空风筝”朝着轨道航行时，这个小小的驾驶舱内特别安静。

第十二章 斥力装置营救

一直背离地球方向移动的“太空风筝”逐渐开始呈弧线移动进入轨道航线。汤姆娴熟地调节了操控系统后，地球对“太空风筝”产生的万有引力刚好抵消了其偏离的离心力。

“我想我们成功了，巴德。”汤姆低声说。

汤姆的双眼盯着刻度盘看的时候，巴德紧张地沉默着。此时，这个年轻的发明家松了一口气说：“好了，你可以放松了，兄弟。我们已经进入轨道了。”

“我们会一直在这个轨道上吗？”巴德问。

汤姆点了点头：“事实上，现在我们最不用担心的就是这个了。”

“你的意思是？”

“从现在开始就是一场与时间的赛跑，巴德。”汤姆直截了当地解释道，“我发现这次旅行准备得很仓促。你看，我们的空调系统只能让我们在这个小空间里生存那么长的时间，我们的水也是有限的。而那个宇宙射线风暴将我们甩离航线很远——比我们预计的超出几千千米。”

汤姆紧张地补充说：“即便‘挑战者号’从地球上发射出来了，它也需要很长时间才能到达我们这里，而且现在‘太空风筝’是在围绕地球的一条轨道上高速运行，‘挑战者号’要想接到我们的话，只能在相同的轨道上以相同速度运行。”

“否则，如果其中一艘飞船太快就会超过另一艘。”巴德说道。他知道还要等几个小时。“或许我们可以试着像熊一样冬眠。”他打趣地说道，“那样我们就可以放慢呼吸。”

汤姆苦笑了一下，然后严肃地说：“巴德，很抱歉带你陷入这个困境。我不应该在尚未确定排查所有故障之前就驾驶这个‘太空风筝’试航这么久。”

巴德开玩笑地捶了他的好兄弟一拳：“你觉得我会愿意在基地待着，让你一个人试航吗？至少我们已经创下了‘太空风筝’的最远飞行记录了！”

尽管汤姆有些担心，他还是放声大笑，说道：“好吧，是你自己要来的！”

这个年轻的发明家很快用精密的六分仪确定了所在位置，随后将他们的轨道位置报告给了汉克·斯特林。

汉克惊讶地吹了声口哨，声音从无线电中传了出来：“兄弟，你们真的航行了好远！不过再等一等，伙伴们！‘挑战者号’准备起飞了！”

这两个宇航员静下心来开始漫长的等待。为了打发时间，他们一直互相调侃，甚至轮流创作宇宙歌曲。但是时间过得还是很慢。

尽管他们的透明屋顶有保护色，然而随着太阳光的照射，“太空风筝”的舱内逐渐变成烤炉。汤姆看着仪表板上的温度计一点点地上升。

“要不将空调温度调低些？”巴德建议道。

“系统早已经超负荷了。”汤姆说，“我知道这里越来越不舒服，但是只要温度还能承受，我们最好忍耐一下。这样就能为我们这个漫长的长跑争取更多的生存时间。”

汤姆解释说：“‘太空风筝’内的空气每循环一次都会消耗掉一定量的氧气，渐渐地呼吸就会变得困难，而热量也只能以一定的速度消散掉。如果加速冷却空气，整个循环的效率将会降低，这样就缩短了有氧呼吸的‘安全’期。”

“我明白了。”巴德擦了擦脸上的汗水说，“那样的话，喝点水怎么样？”

汤姆从他们的座位下拉出了塑料“压缩”水壶。两个男孩往自己嘴里都倒了一大口。

“啊！”汤姆做了个鬼脸说，“这是温的。”

“确实。”巴德赞成说，“天啊，我现在真想喝一瓶冰汽水！”

突然，无线电“噼啪”响起来了。“我是‘挑战者号’，呼叫汤姆！……你们能听到吗？汤姆。”传来的是斯利姆·戴维斯的声音。

“当然能！”汤姆打开了它的麦克风，急切地说，“你们在哪里呢，斯利姆？”

斯利姆检查了下设备，停顿后接着回复说：“我们从出发到现在已经飞行了一段时间。我们到达那里还需要一会儿，但是很快就会到了。你们俩怎么样了？”

“目前为止都还好。”汤姆说，“但是这里开始让人觉得像是在洗桑拿。”

“这么说吧，朋友，你们得快点儿！”巴德插话道。

“好的！”斯利姆回答，接着他又鼓励道，“你们要坚持住！”

这两个男孩听到了这个亲切的声音，知道援救队伍就在路上，精神振作了一会儿。但是，由于“太空风筝”内部的温度升得越来越高，他们很难保持乐观。舱内空气中的二氧化碳含量也在升高。

汤姆焦虑不安地观察着空调系统的仪表。这两个男孩定时定量地小心利用着剩余的少量水。在斥力装置飞船全力朝着他们的轨道航行的途中，斯利姆·戴维斯时不时地用无线电发来几句鼓舞人心的话语。不管怎样，两个男孩知道他们还必须经历一场漫长又让人受煎熬的等待。

“我觉得我们最好穿上宇航服，巴德。”汤姆此时说道，他的声音听起来有些嘶哑。

事实证明，在这个狭小的机舱里穿宇航服都是一种痛苦的挣扎。男孩子们的肌肉因为长时间待在这个小机舱里而发麻，在这个湿热的环境中即便是最小幅度的运动也会让他们大汗淋漓。

“唉！这比爬进烟囱里还糟糕。”巴德喘着粗气说。

他们戴上头盔，打开宇航服的调节系统后，这两个男孩感觉暂时好了一会儿。但是，汤姆知道这种情况不会持续太久，因为他们宇航服内的温度也已经过热了。

“我的老天！现在我的面罩正在蒙上水汽。”巴德过了一会儿小声说。

“我的也是。”汤姆将他的宇航服无线电与“风筝”的发送与接收系统相连，再一次与“挑战者号”联系。

“我们与你的位置相距大约半小时的路程。”斯利姆报告说，“或许还会短些。因此你们要坚持住，伙伴们！我们正在全速前进！”

两个男孩子注意到斯利姆发送的信号开始变弱。

“我们的电源一定是出现了故障。”巴德嘶哑地细语道。

“或者是这里的水汽把设备弄坏了。”汤姆回答说。

这两个男孩停止了谈话，希望能尽量保留体力和空气。不久，汤姆和巴德都开始呼吸困难，吃力地喘着气。

在之后的几分钟里，“挑战者号”又给他们发来了两个信号，但是他们收到的回复信号都很微弱。斯利姆在第三次呼叫的时候，“太空风筝”就没有了回复。

在“挑战者号”上的副驾驶猜测说：“或许他们的无线电发生了故障。”

斯利姆表情严肃地说：“希望情况不要变得更糟。”

这艘大飞船正急速飞行，它的盒子状船舱悬浮在球形轨道上方，斯利姆倾尽全力加速了斥力装置飞船。

“‘太空风筝’在那里！”一名宇航员大声喊道。

在“挑战者号”的雷达显示器上可以看到汤姆的飞船了。不久，它隐隐约约地出现在正前方。随着援救飞船继续靠近，他们可以看到这两个男孩穿着宇航服瘫倒在船舱里面的身影。

斯利姆默默地祈祷汤姆和巴德都还活着。他操纵着飞船平稳地进入“太空风筝”旁边的轨道，同时，他还派了两名穿着宇航服的宇航员在“挑战者号”的登陆平台上系上拖绳。“太空风筝”很快就被拉进了飞机库舱里。

斯利姆让副驾驶员继续操作操控系统，然后迅速向下冲过去。他刚到达飞机库舱板时，大家正在将汤姆和巴德从脆弱的机舱里抬出来。

“拿氧气罩来——快！”斯利姆命令道。

他把男孩子们的头盔卸了下来，扣上了氧气罩，接着立即检查他们的脉搏。两个男孩子的脉搏都在跳动着。不一会儿，他们的两颊恢复了肤色，呼吸也加深了。片刻后，男孩子们恢复了意识。

“我——我在哪里？”汤姆轻声地说，之后他的目光渐渐聚集到围在他们周围的人，“斯利姆！你救了我们！”

“我想我们来得还算及时。”斯利姆松了口气。

“水！给我水！”巴德大喘着气说，接着水壶被送了过来。

汤姆和巴德坐了起来，喝了好几大口水后，舒了口气。等他们乘“挑战者号”回到费林岛时，这两个男孩子都觉得休息好了，已经完全从痛苦的经历中恢复过来。汤姆立即给他的妈妈打电话，安慰她一切都好，并告知斯威夫特夫人他很快就会回家。

“听到这些我就放心了。”她高兴地说，“我们要吃烤龙虾庆祝一下，你把巴德叫来一起吃晚餐。”

尽管食物很美味，就餐时聊得很开心，汤姆还是觉得有些郁闷。他的“太空风筝”第一次试航就不幸失败了，还几乎搭上性命，这件事一直在困扰着他。

“喂，别再想你的万有引力球了。”桑迪责怪哥哥，“你该庆幸能够安全地回到地球！”

“你说得对，妹妹。”汤姆苦笑着说，“但是我对那个‘太空风筝’寄托了很大的希望。”

斯威夫特夫人让他说说这个“太空风筝”的事，之后安慰他说：“至少，你的发明在太空飞行了很远。这对于第一次试航来说确实很了不起了。”

汤姆微笑着说：“妈妈，听您这样一说，事情似乎并不那么糟糕了。您总是看好我的作品！”

“汤姆，你现在要做的就是好好休息。”桑迪建议道，“或许需要休息些日子——你们两个都是！需要理清你们的思绪！”

斯威夫特先生轻笑着说：“或许桑迪说得对，儿子。”

“好吧，我会考虑一下的。”汤姆答应说。

斯威夫特夫人起身后，他们也都离开了餐桌，汤姆第一个想法就是给哈伦·艾姆斯打电话，但是这位保安主任并没有给他带来任何新消息。

“‘海洋战马’还是没有线索，汤姆。”哈伦告诉他。

汤姆突然灵机一动，打了第二个电话——这一次是打给费利克斯。

“嗨，费利克斯！”汤姆说，“我们调查一下住在肖普顿的B国人怎么样？或许他们中有人能给我们提供那个叫萨姆·华的线索。”

“我已经问过朋友了。”费利克斯说，“但是他们都不知道关于他的任何事情。”

“如果我们再和小镇上其他的B国人谈谈呢？”汤姆建议说。

费利克斯愿意加入，他们约好15分钟之后与巴德在肖普顿的街角见面。

他们来到第一家，一个年轻的B国女人开了门。汤姆的问题似乎让她感到困惑。费利克斯接着和她用B国语交谈。他翻译了她简短的答复："真对不起，但是我不认识你们说的人。"

费利克斯向她表示感谢后，三个男孩就离开了。走到外面的时候，汤姆建议他和巴德调查另一条街，而费利克斯继续独自在这条街上调查。

费利克斯认为这个建议不错。"如果你们所拜访的人只会说B国语的话，过后我再去问他们。"他许诺说。

"好的！我们过一小会儿在再与你汇合。"

这两个男孩继续朝下一条街走去。这条街阴暗肮脏，路灯昏暗，老式建筑与人行道挨得很近。

汤姆和巴德在第一家按响了门铃，这是一幢满是污垢的红砖房子。开门的是一个身材高大魁梧的本地人，穿着一件运动衫。在附近路灯的照射下，他的脸看起来又大又憔悴。

"什么事？你们想要干什么？"这个男人咕哝着说。

汤姆以为会看到一个B国人，有些吓了一跳。"我们以为这里会住着一个B国家庭。"汤姆解释说。

"他们确实住在这，但是他们不在家，我只是在他们这寄宿。"

这个无礼的大巨人刚要当着他们的面关上门，巴德便迅速地将他的脚伸到门口。“我们在寻找一个叫萨姆·华的人。”巴德说，“你认识他吗？”

“没有，从来没听过。”

“奥林·惠利呢？”汤姆询问道。

这个问题让这个长相凶狠的人大吃一惊。他气愤地怒视着他们，盯着汤姆和巴德看了一会儿。然后，他突然伸出他两只大手，紧紧地抓住他们的胳膊，把他们拉进了屋子里，并用脚把门关上了！

第十三章 窃听者

“嘿！你——要什么把戏？”虽然被抓起来的时候吃了一惊，巴德还是喘着气说道。此时他和汤姆正激烈地挣脱攻击者的铁爪。

这个男人唯一的应答就是狂暴地推挤这两个男孩。汤姆和巴德被激起了战斗的怒火。汤姆用脚勾住了壮汉的一条腿，一瞬间，这个大块头就失去了平衡，拽着这两个男孩重重地摔在了地上。

巴德往他的腹部猛击了一拳，汤姆紧接着又给他一个猛烈的上勾拳。这个大巨人的头向后仰去，最后摔在了地板上。

他用他那火腿一般的拳头猛地击向他们。但是这两个男孩目前处于优势地位，最终他们的对手喘着粗气向他们求饶。

“停！别——别打了！我投降了！”

“如果你再要花招的话，就会更惨！”巴德警告他说，由于担心大巨人突然袭击，他保持对战姿势，以应对突然的袭击，“好了，现在可以起来了，你这个‘大猿猴’。但是你要是敢轻举妄动，我就会给你几个上勾拳。”

“别——别担心，”这个手下败将喘着粗气颤抖着说，“我可不想再要一顿痛打了。你们两个要比我想象中的厉害！”

趁着这个男人挣扎着站起来的工夫，汤姆快速地扫视了一眼屋子。这个房间有些简陋，但是很整洁。房间里放着一个看起来很廉价的红色软垫沙发和一些椅子，还有一块磨破了的地毯。

“好了，开始说吧！”巴德恶狠狠地说。

“我叫穆斯·威克斯曼，你们是谁？”

“你不用管这个，你是干什么的？”

穆斯耸耸肩说：“装卸公司的装卸工，还会做一些任何其他工作。我现在没有工作，几周前刚刚搬到这个小镇上。我经常四处搬来搬去。”

“刚刚我们只问了你一个简单的问题，你为什么突然攻击我们？”巴德审问道。

穆斯不自在地皱着眉，揉了揉自己的下巴，好像还能感受到汤姆上勾拳的疼痛，说道：“我以为你们两个是奥林的朋友呢。这个卑鄙的骗子！如果让他落到我的手里，我要把他剁成肉酱！”

“为什么？”

“因为他骗走我2000元！那几乎是我所有的钱！”

穆斯解释说他是在肖普顿的铁路货运站见到奥林的，那时他正在找活。奥林谎称自己是个知名的实业家，有着广泛的业务关系。

在了解到穆斯刚刚在不定期货船上工作得到工资后，奥林提议将穆斯的钱以股票的形式，投资到他新成立的制造公司里，他将会“立即”给他双倍的钱。然而奥林最终并没有给他返钱，而是立即带着穆斯的现金从小镇溜走了。

汤姆和巴德匆匆地对视了一下。他们两个都在想：“这个人确实看起来会笨到摊上这样的事！”

“就像我说的那样，你们两个问到奥林的时候，我以为你们是他的朋友。”穆斯说。

“我们只是在找他而已。”汤姆说，“我们不是朋友。你确定他离开了肖普顿？”

“如果他没离开，他也是躲藏得很隐蔽。”穆斯怒气冲冲地说，“自从他拿走了我的钱，我就没看到他，连他的头发都没找着。”

“那你知道他还可能去哪儿呢？”

这个强壮的搬运工沮丧地摇摇头：“不知道，我也想知道呢！我四处询问也没有他的任何消息。奥林告诉货运站的一些人他要走很远——或许到月球去！”

巴德冷淡地说了句：“他说的这一点可能是真的！”穆斯

看起来很愤怒，但听到这句话时，表情变得困惑起来。

这两个男孩没有继续问下去便离开了，让穆斯感到更加困惑。当巴德关上门时，他还张着嘴目不转睛地看着他们俩。

一走到了外面，巴德便咯咯地笑了起来："我觉得刚才的那个壮汉就是一个四肢发达、头脑简单的呆子。"

汤姆点了点头道："但是那个货运站的线索值得去跟踪。巴德，我们现在就去那里调查下，怎么样？"

"好。"

这两个男孩匆匆回到了巴德停放红色敞篷车的地方，他们开车到达了位于工厂和仓库区域的肖普顿货运站。

货运站用高高的铁丝网与街道隔开了。每隔一段距离就有一个钢桅杆，杆上的灯发散出凄冷的灯光，照在了院内的轨道和车厢上，但是院子大部分还是隐藏在黑暗中。

汤姆将车停在一个敞开的大门口附近后，两个男孩便走了进去。当他们停下来确认自己的方位时，汤姆指着右侧塔楼，那边的窗户透着灯光。

"一定是有人在那里值班，巴德。或许他能帮助我们。"

他们正准备小心地穿过迷宫式的轨道时，一束闪光慢慢照了过来——原来是货运站更夫手中的灯。

"你们两个在找人？"他大声地说。

汤姆解释了他们来的原因，并问这个更夫他是否知道奥林·惠利这个人的有关信息。

“惠利……奥林·惠利……嗯。”这位年老的更夫向后推了推他的帽子，挠了挠头，然后沉思地大口抽了一口烟斗说道，“我以前好像听说过这个人，但是现在想不起来是什么时候在哪里见过了。”

汤姆根据费利克斯对奥林的描述又描述了一遍，但是这个更夫只是摇摇头。

“没有，我没注意到。因为时不时地就有许多人来货运站，尤其是在白天的时候——有工人、流动工、火车上的工作人员，还有流浪汉，有时候公司巨头也会出现，还有工厂里运输的工人，所以很难全部都注意到。”

“那个塔楼里呢？”巴德问道，“那上面的人有可能会知道吗？”

这个更夫又摇了摇头道：“这里除了我没有人值班。我只有在晚上到塔楼里坐坐或者打电话报告情况。”

他又猛吸了一口烟斗，接着说：“如果我是你们俩，我就白天过来四处打听打听，也可以和铁路侦探们聊聊，或许他们能帮到你们。”

这两个男孩子刚要谢谢这个更夫然后离开，汤姆激动地小声说：“嘿！我看到了一个人！就在一排箱式货运车那边！他在偷听我们说话！”

汤姆立即追了过去，巴德和这个更夫也跟了过去。一秒钟后，他们看见那个人从一个车厢后面跑了出去，然后跨过轨道冲了出去。显然，他朝着院子最黑暗的地方跑去。

汤姆和巴德紧追不舍，这位年迈的更夫也跟在后面跑，疯狂地追逐着。

“他往那边跑了！”巴德突然大喊一声。

那个男人在被照亮的轨道上一闪而过的瞬间，汤姆看到了他的轮廓。但是黑暗几乎立即又一次将他吞没。

紧接着，汤姆的脚绊到了铁轨，摔在了地上。等他站起来的时候，看到了一个影子从两个车厢之间溜走了。

“这边，巴德！”汤姆大喊。

此时，更夫落在了后面。两个男孩急忙爬过一个连挂装置，但是在一排车厢的另一侧并没有看到人影。

两个男孩停了下来，环顾了一下四周。随即，巴德抓过汤姆的胳膊，小声地说：“他现在正躲在车厢下面！”

他和汤姆又一次追上去，随着一阵脚步声寻找他们的猎物。但是这个猎物一定是意识到自己被发现了，又从车厢的相反方向爬了出去，掉头朝着来时的路线跑了回去。巴德大步跳过一个连挂装置，汤姆跟在后面。

片刻后，这个逃跑的身影就在这两个男孩子的正前方清晰可见。巴德很快就追上了他，但伸手碰到了他的夹克时，巴德的脚绊在了两条铁轨之间，幸亏抓住了夹克才勉强没有栽一个大跟头。但是那个男人敏捷地把胳膊从衣服袖子里抽了出来，逃之夭夭。

“受伤了吗，巴德？”汤姆跑了过来，喘着粗气说。

“没有！继续追！”巴德仓促地站了起来，催促道。

然而，由于片刻的耽搁，他们的猎物重新处在领先的地位，消失了。又追了十多分钟，汤姆和巴德最终放弃了。与那个更夫汇合时，更夫已经看得眼花缭乱了。

“你们抓到他了吗？”他问道。

“只抓到了他的夹克。”巴德懊恼地说。

这两个男孩子带着夹克开车离开了。他们打算一到家就查看这件夹克，看看能不能发现什么线索。汤姆接回一无所获的费利克斯，当他看到他的朋友们找到了夹克时大吃一惊。把费利克斯送回家后，汤姆和巴德继续前往斯威夫特的家。

斯威夫特夫人和桑迪正在看电视。汤姆的爸爸已经返回工厂，下班后去给一组项目工程师开一个会议。

“天啊！”桑迪看到灰头土脸的两个人，他们裤子的膝盖处也磨破了，大喊了一声，“你们两个做什么了？”

“在货运站玩捉迷藏了。”汤姆沮丧地说。

“还和一个巨人跳起了圆圈舞蹈呢。”巴德补充说。

桑迪非常好奇地问起这个夹克。汤姆把它放在一张椅子上摊开，这件棕黄色的华达呢夹克又脏又破，还有一个破拉锁。

巴德在其中一个兜里找到了一个小笔记本。“可能里面写着这个人的名字，”他满怀希望地说。

可不幸的是，这个笔记本只记录着支出明细——餐费、油费以及衣服的费用。

“看看这个，巴德！”汤姆大喊了一声，指着一条记录说：“O.W.借走100元。”

“O.W.！”巴德睁大眼睛说道，“嘿！那可能是奥林·惠利的意思！”

“对。如果是的话，奥林一定是手头拮据。巴德，我最好把这一点报告给哈伦·艾姆斯。”

汤姆正在打电话时，斯威夫特先生走了进来。从他的眼神中看得出来他很兴奋。“你们好，孩子们，”他说，“有一个大新闻。我们的太空朋友刚刚给我们发来一个非常有趣的消息！”

第十四章 来自太阳系的礼物

“来自我们太空朋友的信息？是什么，爸爸？”汤姆急切地问道。

这些太空生物与斯威夫特一家第一次联系是通过一个降落到了斯威夫特企业集团的奇怪的黑色导弹，上面刻着一些数字符号。斯威夫特将这些符号翻译了过来，又通过发光的无线电信号穿越太空进一步交流。

巴德也很兴奋地说道：“自他们请求您帮助治疗他们星球上动物们的疾病以来，这是您第一次收到他们的消息，是吗？”

汤姆点了点头说：“但是别忘了以前我们还在丛林发现了外太空生物降落在地球的踪迹。还有那次在黄金之城附近水域发现的那艘奇怪的坠毁的飞船。”

“我们赶紧听听这个消息吧。”桑迪急切地插话说。

斯威夫特先生微笑着，与他们一样兴奋地说道：“这个消息就是，如果我和汤姆明天中午等在太空接收器旁边，他们就会从外太空告诉我们这个礼物。”

“一个礼物！太让人兴奋了！”桑迪大声说，“真想知道会是什么？”

“还说了什么吗，爸爸？”汤姆问道。

“没有了，儿子，我也不知道他们打什么主意。但是我发信号回复了他们，告诉他们我们已经收到了消息，到时候会过去的。”

桑迪突然看起来很担忧，说道：“我只是想到，如果你们两个没有翻译出他们发过来的信息呢？比如说，他们可能用了一些你们之前从未看到过的新符号。那么我们就会在整个惊人的消息中遗漏一些信息。”

汤姆笑了笑说：“我和爸爸都没问题。”

斯威夫特夫人微笑着说：“我一点都不怀疑我们家两个太空专家有足够的能力获取到太空朋友发来的任何消息。”

“就算电脑无法处理的话。”汤姆说，“当我们翻译的时候，查《太空词典》就能够弄清楚了。”

“但愿如此。”巴德开玩笑地说，“或者我的脑袋能迸发出一些想法。”

第二天中午，斯威夫特一家人和巴德都聚到了企业集团的太空联络实验室。他们热切地期待示波器上显示出消息，就连总是沉着冷静的斯威夫特先生也大步地走来走去，难以掩饰急迫的心情。

终于，电脑上的铃声响起，提示有信息进来。他们兴奋地看着荧光屏上出现的符号，被拍摄下来后，这些符号很快通过电脑翻译，在纸带上清楚地显示出来：

我们是你们的太空朋友，我们已经……

键盘上一个红灯闪烁起来，电脑信号就中断了。

“哦，我知道了！”桑迪哀怨地说，“那意味着这台机器无法翻译某些符号。爸爸！汤姆！你们觉得能弄清楚吗？”

汤姆迅速地从示波器下面的一个发射箱里抽出符号的照片。“快，巴德！铅笔、纸还有《太空词典》都拿来！”他催促着。

巴德把这些东西都拿了过来，汤姆和他的爸爸开始研究这些符号，巴德则在一旁看着。

“这简直就是一个数字噩梦！”巴德低声嘀咕着，“光看那些符号就让我头疼了！”

消息中出现不止一个陌生符号，而是两个。这是以前斯威夫特一家从没有接收过的。但是汤姆和他的爸爸立即开始研究。

桑迪、巴德还有斯威夫特夫人焦急又安静地看着这两位科学家查阅几本深奥的数字参考书，算出了一大堆似乎无穷无尽的方程式，却似乎没有得到一点儿线索——汤姆和爸爸都被难住了。

然而，沉思了几分钟后，汤姆得意地大喊道：“我知道了！根据麦克斯韦的定理可知，这显然是一个场的符号。而且因为他们谈论的是关于太阳的，那么他们的意思就是‘太阳场的外部’，换一句话说就是‘太阳系之外’！”

斯威夫特先生几乎从椅子上跳了起来。令他兴奋的不仅仅是汤姆所得出的理论，据此还可以推断出太空生物对太空旅行的掌控能力。

“儿子，你说得对！”这位老科学家又踱步走来走去，过了一会儿抓起铅笔，又匆匆写下了几个方程式，给汤姆看。“用向量的形式表示的话。”斯威夫特先生大声地说，“其他的符号一定指的是一个合量——是他们从太阳系之外旅行带回来的结果！”

汤姆笑着说：“对，爸爸！这是从外太空带回来的礼物！”

大家都满怀好奇地看着汤姆最终写下来的全部信息：

我们是你们的太空朋友，我们进行了一次漫长的超越太阳系的旅行，到达了我们从未发现的地方。我们要送给你们宇宙太空站一个我们所收获的礼物，20个小时后将会到达。

“太神奇了！”桑迪兴奋地拥抱着爸爸，“爸爸，我们都可以飞往宇宙太空站看看这个礼物是什么吗？”

斯威夫特先生的脸变得严肃起来，说道：“宝贝，我也不想拒绝你，可是带上你并不是一个明智的选择。”

桑迪试着隐藏自己的失望，说道：“我想您一定是有重要的原因。”

“一个非常重要的原因，亲爱的。因为我们对我们星球之外的生命一无所知，任何外太空的物体都可能被外来的生物体所污染。那样的话，我们肉眼看不到的微生物可能对地球上的一些或者全部形式的生命都是致命的。”

斯威夫特先生看到他妻子的眼神，笑着安慰她说：“你不用担心我，玛丽。汤姆和我还有太空站的每一个人都会穿上防护衣。但是我想你和桑迪应该避免没有必要的暴露所带来的危险。”

不管有什么危险，巴德都很想陪伴着斯威夫特一家。当乔·温克勒得知将会有神秘的太空礼物时，也请求随行。因为两个人都是经验丰富的宇航员，斯威夫特先生就同意了。

那之后的20个小时也就意味着该物体将会在第二天早晨的8点到达。于是这个小组决定在那天晚上就出发飞往太空站。他们从费林岛乘坐运载火箭在午夜前就到达了太空站。

“你猜这个礼物将会是什么，汤姆？”男孩子们准备卷进睡铺里时，巴德若有所思地问。

汤姆耸耸肩说道：“这很难猜。可能是从另外的行星系带回来的一些矿石样品，甚至也可能是一种地球所未知的新元素。”

“那听起来并不是非常令人兴奋。”

“好吧，那你想要什么？”

巴德笑着说："有没有来自于北斗七星的一份星星奶昔，或者是那个星球上音乐的录音呢？"

汤姆咯咯地笑起来，打着哈欠说："你总是拿太空寻开心，你这小子。睡觉去吧！"

汤姆6点钟起了床，快速地吃了顿早饭，就去了私人实验室。后来乔在那里发现他正在玩弄一个小而低垂而且没有风筝线的风筝。电风扇的风将它吹了起来。

"尝尝我做的牛肉和豆子吧，那是什么？"

"是一个风筝。"汤姆说，"很容易就能飞起来。"

"为什么呢？"

汤姆苦笑了说："它看起来可能并不怎么好，乔，但是我要试试一些新的想法。因为我的'太空风筝'工作起来并不是非常成功，在飞行过程中有些地方与自然界的规则发生了冲突，我必须从头再做一次这个发明。"

"好吧，你再不快点动身，就要和那个定时到的宇宙火箭发生冲突了，孩子。"乔提醒他说，"现在快到8点了。"

汤姆惊讶地吹了一声口哨，看了一眼手表说道："谢谢你提醒我，乔！我们上去看看！"

这两个朋友匆忙地来到位于太空站中心上方的圆顶观测屋。斯威夫特先生、巴德、肯·霍顿以及挤进来的每一个人都在热切地观察着天空。

“有什么迹象了，巴德？”汤姆问道。

“当然！雷达员已经在示波器上发现了它。”巴德报告道，“你爸爸说不一会儿肉眼就能看到了。”

片刻后，在远方出现了一个闪光点。

“呀！它出现了！”乔高声地说。

一秒接着一秒过去了，这个点逐渐变大，他们看得出它是一个火箭的形状。很明显这个导弹正以一个几乎惊人的速度飞行。随着它接近太空站，这个火箭看起来减慢了速度。

“但是还不够慢。”汤姆突然警醒地思考着，“我们那些聪明的宇宙朋友没法将导弹减速减那么多！”

他迅速看了一眼爸爸，看得出来斯威夫特先生也有同样的担忧。片刻后他们担心的事情被证实了——这颗导弹撞上了太空站，引起一阵猛烈的颠簸！

第十五章 火箭里的神秘物体

“是——是雷声和闪电！我们现在都还完好无损吗？”乔抓住一堆线保持了平衡，结结巴巴地说。

“但愿如此！”汤姆说，“但是刚刚撞击的一下很有可能把我们撞得偏离轨道了！”

他们快速地检查仪器后，发现太空站并没损坏，但是确实由于撞击改变了速度。

“我们现在的运行轨迹。”斯威夫特先生说，“有些偏离我们精确的轨道。”

“看！”巴德大喊，“那个礼物正在偏离太空站飞走了！”

肯·霍顿快速冲进了中央控制间，小心地发射计算好的喷射气体，让太空站返回轨道。与此同时，斯威夫特先生、汤姆、巴德还有两名宇航员穿上了宇航服乘着小型“火箭摩托车”从气闸舱舱口匆忙地离开了。

幸运的是，这个神秘的火箭是由发光的蓝绿金属材质制成的，还没有飘移得太远。五名宇航员利用喷射的气体朝着它飞行，慢慢地准确地将导弹推向太空站。

“你觉得这个体积能从入口进去吗，儿子？”斯威夫特先生通过宇航服的无线电问道。

“能，我非常确定，爸爸。”汤姆回答道。

事实证明他的猜测是正确的。斯威夫特先生命令每个人都穿上防护衣——一种戴着帽子的白色连体工作服，还带有防毒罩呼吸过滤器。

汤姆仔细检查了那架奇怪的导弹，他注意到了那上面闪现的蓝绿光泽。“这似乎和之前有一次我们从他们那里收到的太空方舟的材料一样，爸爸。”他评论道。

“是的，确实是，儿子你偶然一次告诉我那个方舟有一个操控盘，打开后能回应某个频率的无线电波。我想知道这个飞机是否能同样打开呢？”

然而，近距离检查后他们发现这颗导弹有着长长的舱口，而且很巧妙地密封着。尽管他们尝试着打开，但大家还是无法移动舱门。

最后，汤姆说这扇舱门很可能是由于在路途中经过高温熔化后固定在了一起：“我要冷却这个舱口后再打开它。”

他走进实验室，拿回来一罐二氧化碳。罐中的压力将该气体释放出来，会产生极低的温度，能在几秒钟让金属收缩。

“舱口显现出来了！”片刻后巴德大喊道。

“站到一边！”斯威夫特先生一边对旁观者建议道，一边和汤姆将舱门从机身部分拉了上来。每个人都倒吸了一口气。

只见有一个奇怪的、长着鳞的爬行动物盘成一团卧在里面！

它有着像翅膀一样的东西，合拢在身子旁。从它的整体比例来看，这个生物的头部似乎偏大一些，长长的嘴里长满獠牙。微眯着眼睛模糊地盯着这两个受了惊吓的人。

“我的天啊！”汤姆惊愕地低声说，“看起来就像远古时期的翼手龙！”

斯威夫特小心地慢慢诱导，并戳着这个爬行动物让它从飞船里爬出来。它似乎很温和，大家都没有害怕它。其他的宇航员一开始看到这个奇怪的生物吓了一跳，现在都非常好奇地围着它。

“那么这个就是你的太空朋友所送来的礼物了。”巴德评论道，“坦白地讲，我怀疑桑迪是否会喜欢把它当成宠物。”

“或许不会，但是作为一个科学标本来看的话，它是无价的！”汤姆说。

此时，这个生物摇了摇头，开始展开羽翼，这些观看者们吓了一跳，匆忙向后退了退。接着这个爬行动物又安静了下来，但是它的呼吸变得吃力起来。

“可怜的小生物看起来好虚弱。”乔怜悯地说。

“可能你说得对。”斯威夫特先生表示赞同，“我们最好立即把这个生物安置到一个地方，看看我们能为它做些什么。”

仓促地考虑了一下后，这个爬行动物就被移到一个空的装载舱里了。他们喂它水喝，但是它对水不感兴趣，它那呆滞的眼睛几乎完全闭上了。

太空站的生物学家试图竭尽全力让它存活，给它吸氧、用营养液强行给它进食，并注射了大剂量的肾上腺素。然而，由于对该生物的生物特性或者生存环境都一无所知，他们的努力都白费了。这个爬行动物正在痛苦地慢慢死去。

“可能是由于这次穿越太空之旅加上远离自己的生存环境，给它带来了太大的影响。”斯威夫特先生沉思地说。

“又或者是导弹与我们太空站产生的冲击力造成的。”汤姆推测说。

在巴德的帮助下，斯威夫特父子快速地工作起来，他们给这个生物照了一些相片又拍摄了短片。太空站的生物学家也记录下了观察的数据和测量值。

不到两个小时，这个陌生的爬行动物死了。斯威夫特先生命令将它深度冷冻放置好，等待地球上的各方面的科学小组制定好计划对它的尸体进行全面的检查。

“你觉得这个太空爬行动物是来自于宇宙的什么地方，爸爸？”汤姆问。

“我们也许可以从它的生物特性中找到线索，推测出来。”斯威夫特先生充满希望地说，“或者说，如果我们没有查明的话，或许我们的太空朋友能够给我们一个明确的答案。我确定他们一定认为这是一份大礼，但是没有预料到它会在地球上死去。”

与此同时，这个导弹已经被移到汤姆的实验室里，斯威夫特父子开始急切地对它进行研究。乍一看这颗导弹，似乎只是一个空心壳体。内部表面平滑而光亮，材质似乎也和外壳一样，是由蓝绿色金属制成的。这个导弹像动物的窝，似乎完全没有机械装置和动力装置。

“真是个谜团！”斯威夫特先生低声说。

“我猜这个导弹是由一种对辐射敏感的合金制成的，能够通过远程遥控移动。”汤姆说，“就像太空方舟一样。”

他的爸爸点了点头：“对了，我记起你的报告了。似乎只有那个能解释得通。那么，我们取一个样品放在光谱仪下，看看我们能获取什么信息。”

斯威夫特的光谱仪是汤姆父子俩共同研究的一项出色的发明，结合了大型质谱仪和光学感应器的特性。它能够分析任何物质的化学成分，并能鉴定每一种元素或者它的同位素。

汤姆从导弹的舱体上切割了一小片开始进行测试。结果发现它是双层结构的，中间夹层是一种从未见过的类似泥状的隔离物质，两侧是薄薄的金属层。光谱仪显示结果正如汤姆所猜测的那样，这个金属是合金材质，是由几种元素组成的——斯威夫特父子对其中一个元素完全不了解！

“现在我们来分析一下在中间夹层的物质是什么。”汤姆说。

斯威夫特先生向载片上涂上了一些这种物质，利用显微镜仔细观察。这种“泥”包含着一种透明的细砂，它嵌在了一种深色黏合剂中，结果发现是一种泥土状的硅酸盐。但是光谱仪显示出这个晶体是汤姆在合金中所发现的那种神秘元素，但是这个合金的晶状体具有放射性！

“爸爸！”汤姆兴奋地大喊道，“或许我们能用这个元素合成一个原子反应堆，然后将它应用到我们的飞船上！”

“这正是我所想的，儿子。”斯威夫特先生的双眼闪烁着期待的光芒道，“多么具有挑战性！谁会知道！如果我们生产这种元素，那么它将革新我们火箭冶金技术的传统思路！”

“那样的话，我们将对我们的太空朋友感激不尽。”汤姆说。

回到企业集团后，斯威夫特先生立即着手这个项目，而汤姆将继续基于“太空风筝”的想法进行太空之旅的实验。

他们从太空站返回到肖普顿的那天晚上，两个男孩带着桑迪和菲利斯来到肖普顿乡村俱乐部吃晚餐。后来他们去跳舞，又坐在满天繁星夜空下的阳台上。

“很遗憾我们没能看到你们活着的太空‘礼物’。”菲利斯说。

“别在意了。我们还有一个同样令人兴奋的计划。”桑迪说，“下周一在卡罗帕湖边有一个沙滩聚会！你们两个男孩子别想找机会溜走！”

巴德咧嘴笑了，对着汤姆使了使眼色说：“如果有好吃的我就去。”

汤姆大笑着接着说：“而且如果你们答应我们没有任何间谍或者可疑人物跟踪就行。”

“哦！”桑迪打了个响指，“你提醒我了，有个消息忘告诉你了，汤姆！”

第十六章 扬帆起航的太阳黑子

“什么消息，妹妹？”桑迪从手提包里拿出了一张纸时，汤姆急切地问道。

“一个人打来电话，说你偷了他的外套！”

“什么！”汤姆吃惊地说。

“他给了我一个电话号码，让你给他打回去。”桑迪继续说，“给你。”

汤姆看了看纸上记下的电话号码，和巴德对视了一下，说道：“一定是我们在货运站被追赶的那个人！女孩们，我能暂时离开几分钟吗？我想立即查一下这件事！”

汤姆朝着俱乐部大厅的电话走去，拨通了这个号码。一个男人接听了电话，汤姆介绍了自己后，问道：“你是哪位？”

电话另一端清了清嗓子，支支吾吾了一会儿，好像害怕暴露自己的身份一样，最后说他的名字叫阿尔夫·特博特。

“我知道你指控我偷了你的外套。”汤姆继续说。

“现——现——现在不要误会！”这个男人着急地结结巴

巴地说，“你要明白，我不是说你是一个小偷，但是那天晚上在货运站你和你的朋友确实抢走了我的夹克。”

“好吧，我们在抓一个鬼鬼祟祟的人时，是抢走了一件夹克。”汤姆冷静地说，“如果你是物主，当时没有做坏事的话，你为什么看到我们就逃走？”

阿尔夫的声音听起来有些紧张：“好吧，我——我想我只是害怕而已，就这样。”

“为什么？”

“因为我以为你们是侦探。”阿尔夫承认道，“我并没有做过违法的事情，我只是觉得最好不要和警察掺和在一起。”

阿尔夫解释称他们一开始与更夫谈话的时候，他无意中听到了汤姆的名字。第二天他意识到“汤姆·斯威夫特”并不是一个侦探，而是斯威夫特企业集团里的著名年轻发明家，于是决定要回自己的外套。

汤姆警惕地问道：“如果这件夹克真的是你的话，那么你一定知道口袋里有什么。”

“当然了，有一个小笔记本。”阿尔夫立即回答，“用来记录我的花销。”

“在笔记本里有一条写着某人‘借走’100元。”汤姆继续说，“那是谁？”

“他是一个骗子，叫奥林·惠利！”阿尔夫愤愤地说，

“他从我这儿借走了100元现金，就再也没有还回来！问这个干什么？你认识他？”

“不认识，我们想见他。”

“我们都一样，朋友！”阿尔夫抱怨着说，“上一周我一直都在找他，但是他似乎离开了这个小镇！”

阿尔夫所说的话和穆斯·威克斯曼的相符，汤姆感觉这个人说的很可能就是事实。于是，这个年轻的发明家答应还回他的夹克。

“你的地址是什么？”汤姆问道，记下地址之后他又问了一句，“我什么时候给你送到家里？”

“好吧，让我想想。我有一个卡车司机的活儿，所以这个周末我要离开小镇，得到下周一晚饭时才回来，但是你可以把它给我的女房东。”

“好的，我会的。”汤姆答应道。

他挂断电话，接着给哈伦·艾姆斯打了个电话，把刚刚对话的全部内容告诉了他。“阿尔夫声称不知道奥林的消息，他只是在货运站的周围看到过他。”汤姆说，“不过我们或许可以调查一下这个人，哈伦。”

“我会的，汤姆，还有，我让我们保安部的两个人去送夹克，以防阿尔夫计划一些狡猾的事。”

“但——”汤姆刚要反对。

“没有必要冒任何危险。”哈伦坚持着，“我会查明所有关于阿尔夫·特博特的消息，之后告诉你。”

“好极了！有关于‘海洋战马’或者杰克的任何新消息了吗? 哈伦。”

“一点都没有。这两个都消失了。很糟糕！”

“我不会放弃的。”汤姆回答说，然后就说了声再见。

周一下午四点钟，桑迪和菲利斯来到斯威夫特企业集团邀请汤姆和巴德。菲利斯开着她那刚修好的白色敞篷车。

“哇，这个用来做出租车服务怎样！”当他和汤姆从大门口匆忙出来，与女孩们汇合时，巴德大声地说道。

“非常不错。”汤姆赞同，对着巴德眨眨眼接着说，“我们的司机们也不错！”

“你说对了！提醒我给出租车公司写一个正式的介绍信。”巴德调皮地说。

桑迪和菲利斯假装没有听见，但是听到男孩子们的赞美她们都很开心。两个女孩为了这次外出，特意身穿运动服，看起来都很漂亮。她们带了一只大野餐篮子，还有装着毛巾和泳衣的大手提包。

“嗯，那是什么吃的?”巴德说，调皮地盯着野餐篮里看。

“不仅仅是你在那里偷看到的那些。”桑迪咯咯地笑着回答说，此时他们已经驱车行驶在路上了。

“那是什么意思?”汤姆好奇地大声问。

“别在意那个了，那是个秘密。”菲利斯回答说，“秘密还不止这一个呢！”

看到男孩子们困惑的表情，桑迪和菲利斯都控制不住哈哈大笑起来。但是两个人都不解释，她们只说是秘密。汤姆和巴德试图套出线索来，可是失败了。

10分钟的车程后，他们来到了卡罗帕湖的肖普顿游艇俱乐部。桑迪将她那艘线条明快的小帆船——命名为玛丽·内斯特，这是斯威夫特夫人未婚时的名字——停到了俱乐部的小湾中。

“嘿！你们要去哪里？”汤姆看到这两个女孩子从小帆船旁边走了过去，惊讶地问。

“你一会儿就知道了！”桑迪平静地说。

出于好奇，汤姆和巴德跟上了女孩子们，他们继续越过这个小湾来到了一个停泊着更大船只的码头。当他们的两个向导在一艘美丽的双桅纵帆船旁边停下来的时候，这两个男孩惊呆了。

“和‘太阳黑子’打声招呼！”桑迪骄傲地挥着手大声地说。

两个男孩瞪大眼睛，羡慕地盯着看。看它那高高的桅杆，优雅的船体，新涂上的亮光漆反射出耀眼的光芒。双桅杆帆船是每一名水手的梦。

“不过这船是谁的啊？”汤姆问。

“它是我们的！”菲利斯大声地说，“这是我们两个家庭的。周六它刚送过来。”

“而且。”桑迪接着说，“等爸爸和奈德叔叔有空离开这里几周的时候，我们就都坐着它进行一次船上长途之旅！”

虽然奈德先生跟他们并没有亲戚关系，但是汤姆和桑迪都习惯称他为“奈德叔叔”。这是因为他和斯威夫特先生是多年的好友，而且两个家庭有着很深的友谊。

“太令人惊讶了！”汤姆大声地说，“‘太阳黑子’真美！”

他和巴德都着急去仔细观察下这艘美丽的帆船。于是他们从码头走下去，帮助女孩子们登上了大船后，就从船头到船尾看了一遍。

“这真是我的梦中情人！”巴德喘着大气说，他以一个老练水手的眼光观察了每一个细节。在家乡时，航海一直都是他最喜欢的运动之一。

除了有一个强有力的辅助发动机和一艘整洁的小艇之外，这个双桅杆帆船的配件装备全面，包括无线电和雷达。它的船舱还分成了两个隔舱，带有舒适床铺和一个小厨房。

最令人吃惊的就是，还有两台万有引力球的机器，它们安装在船体的两侧，替代了压舱物来保持船体的平稳。

“爸爸想你应该不会介意他‘盗用’你的发明，将它用在航海上。”桑迪笑着解释着，“他不得不在晚上偷偷将模型从你实验室里拿出来，因为我们告诉他要让这艘大船成为一个惊喜。”

“真是一个很棒的应用——我从没有想过还可以这样用。”汤姆坦白地说，“我还喜欢那个名字——‘太阳黑子’！那是谁的主意？”

“我和菲利斯想出来的。”桑迪回答说，“你看，太阳黑子的每一个字母都代表着乘坐它出海的每一个人的名字——至少大多数人的名字在其中。S代表着斯威夫特、N代表着牛顿、S代表着桑迪、P代表着菲利斯、T代表着汤姆。而U就代表着你了，巴德！”她大笑着说。

“谢谢！”巴德笑着，朝着汤姆眨眨眼说，“知道我是这个家庭的成员真高兴——我当然愿意成为其中一名！”

“那么现在。”菲利斯说，“你们两个男孩抽签决定谁来当我们这次出发去海水浴场旅行的船长。”

女孩子们告诉汤姆和巴德闭上双眼，而两张纸条夹在了驾驶员座舱的坐垫之间。巴德抽出的是一张较长的纸条，并高兴地大叫了一声。

“我真是太荣幸啦！”他大喊，“我是‘太阳黑子’处女航的船长！全体船员集合！大家听我的命令！大家都机灵点，否则我就给你戴上镣铐！”

汤姆咯咯地笑着，干脆利落地敬了个礼，说：“明白，船长，但是请不要让我们沉下去！”说完不一会儿，巴德假装拿着鞭子抽过去，汤姆躲闪开了，和女孩们咯咯地笑了起来。

检查完驱动装置和准备好帆后，四个人就开船启航离开了码头。在清理了滑道后，巴德立即命令升起船帆。主帆和后桅庄严地升在空中。接着巴德操纵船舵，桑迪操纵主桅帆操纵索，汤姆和菲利斯去升三角帆。

不到一分钟，他们就离开港区，迎着疾风在湖面上穿行了。巴德小心翼翼地调整着船帆，他聚集了所有的力量来小心操纵，慢慢地逐渐找到了“太阳黑子”的“感觉”了。很快，这艘优雅的双桅纵帆船就快速地游动在水面上，划开一道波浪。

“真行啊，巴德船长！”汤姆和菲利斯在船尾处坐着，大声地说。巴德笑了笑，用手指打了个“OK”动作回应他们。

“多么美的画面！”菲利斯快乐地叹了一口气，她的深黑色秀发在微风中飘动着，“蓝色的大海，白色的帆，还有这灿烂的阳光！”

“还有美丽的你！”汤姆笑着赞赏道。

菲利斯认真起来，询问汤姆太空飞船的万有引力球遇到的麻烦事。

这个年轻的发明家耸耸肩膀说道：“没能得到足够大的拉力，将它控制住。这就像用一根绳子在风中放大盒子状的风筝一样。”汤姆低落地补充说，“恐怕乘坐它在太空飞太久不够安全。”

菲利斯半开玩笑地说："好吧，那如果你的'太空风筝'宇宙飞船的想法没有成功，那为什么不做一艘帆似的船宇宙飞船呢？"

"你的意思是说用宇宙射线让它航行，就像双桅纵帆船借助风力一样？"汤姆问。菲利斯点点头，这个年轻的发明家苦笑了一下："我和巴德乘坐那艘飞船真的是一次不错的航行——顺风航行而且每一秒都在加速！但是我们就是走得太远，没有办法回来了。就像航行一艘没有龙骨的船一样。"

他说完便沉浸在思考中。但是不一会儿他突然拍一下手，大喊一声："龙骨！那或许就是答案！"

"什么的答案？"菲利斯困惑地问。

还没等汤姆解释，突然一阵狂风吹起，双桅纵帆船大幅度地倾斜了一下。菲利斯和汤姆都失去了平衡，在甲板上朝着大海滑去！

第十七章 危险的聚会

“啊！他们掉下去了！”桑迪惊慌地大喊，“菲利斯！汤姆！”

幸运的是，汤姆刚好及时抓住了下面的横杆，并用脚勾住了甲板系锁扣，救了自己和菲利斯。

与此同时，巴德大喊桑迪放松主桅帆操纵索，他自己则去用力回转船舵。之前船还在迎风摆动，此时船帆开始转船头迎风行驶，双桅纵帆船几乎是奇迹般地调整好了。

汤姆和菲利斯两个人都被浪花打湿了，他们从船头爬回驾驶员舱，此时桑迪已经准备好了毛巾。

“我的老天啊！万有引力球平衡器怎么了？”桑迪问，“我们差点翻船！”

“事实上，它们是在正常工作，正是它们将我们调整回来的。”汤姆回答说，“我猜测只是刚刚狂风袭击我们的时候，它们还不够快速运转过来。”

他检查了一会儿这台万有引力操纵装置，接着拿起螺丝刀，对反馈功能进行了微调。

“这次应该修理好了。”他告诉大家。

“希望是这样！”巴德挖苦地说。他发出前进的命令。

令所有人开心的是，在整个航行中，帆船前行得非常平稳，甲板几乎保持着水平。

“不错！我这回信服了！”巴德大声地说。

“对于在大海上的旅行者来说，这真是太好的恩惠了！”菲利斯接着说，“在船上能有这样的平衡器，就没有人会晕船了。”

“认真地讲，那是个好主意，菲利斯。”汤姆说，“我会把这个想法跟你爸爸提起，将这个作为斯威夫特工程公司一个最新产品来研究。”

“好主意。那现在，请解释一下你们差点掉下船之前，你们谈论了什么吧。”

汤姆说他决定设计一艘带有龙骨的飞船。

“带有龙骨？”他看起来有些困惑，“用龙骨做飞船有什么好处？这对飞船没有什么作用啊。”

桑迪表示赞同：“说得对呀，不是吗，汤姆？一艘帆船如果没有龙骨的话就无法在风中航行，因为没有它就避免不了被吹得脱离航道，水对龙骨的推力与对船帆的风力相互作用，以使得船向前航行。但是在外太空，不但没有水，甚至都没有空气。”

“没错，妹妹。但是我所想的这种帆船既不需要空气也不需要水。它用的是大量宇宙颗粒流作为工作介质。想一想，”他哥哥接着说，他的双眼闪着激动的光芒，“这样的飞船将不需要能源甚至外力，建造它所需要的费用将会非常少，几乎不需要什么就可以运行！”

汤姆解释说，他的新飞船关键是需要一个“宇宙龙骨”。它将与宇宙射线一起来工作。

“因为飞船能够接收到宇宙的辐射。”汤姆继续说道，“我的反应器将会将这种辐射转化成可利用的能量。但是这种能量的利用不仅仅局限于如同太空风筝，利用的这一种方式，这种新型的飞船将用两种不同的形式利用这个能量。”

“一部分能量将用于飞船的驱动，就像风能驱动帆船一样。另外一部分能量将被用作龙骨，当然了，它看起来并不像帆船上的龙骨。”

他迅速拿出了一支铅笔和一张纸来，快速地勾勒出了他所提出的设计的侧面和前部的样子。它看起来是一个鸡蛋形状的机身，里面悬着一个沿着飞机的顶部和底部环绕了一周的环状框架结构。

“你的意思是说这个环状物体就是一个龙骨？”巴德问道，比之前更加困惑了。

“是，也不是。”汤姆回答，“这个龙骨事实上是看不到的。但是我想我们可以把它看成一个龙骨。在它的四周每间隔一段就有一个宇宙射线发射体。它们就像宇宙射线喷气机一样。”

“它们看起来就像一个圆形草坪洒水器上的孔。”巴德开玩笑地说。

“没错，兄弟。”汤姆说，“在飞行中，这些射线发射体将会产生一个无形龙骨的作用。”

他继续说，飞行员能够利用发射器朝着任意方向，旋转这个在轴承上的环形物体。这样就产生了一个对宇宙“风”的压力的反作用力了。这就可以让飞行员在太空的任何位置都可以“抢风航行”或者掌舵了，就不会像“太空风筝”那样“顺风”飘走了。

巴德听到这么有潜力，眼睛瞪得圆圆的。“太棒了，汤姆！”他大喊道，“一艘能无限范围飞行的宇宙飞船，还不需要经费就能运行！我们什么时候能出发？”

“放轻松。飞船还没有建出来呢。”汤姆大笑着说，“也还没有命名，说到这，你有什么主意吗？”

在胡编乱造一些非常不靠谱的名字后，菲利斯说：“给我点时间，汤姆，我能想出来。”

这时，“太阳黑子”正在卡罗帕湖波光粼粼的蓝色海域上优雅地航行。当这四个年轻人靠近湖的北岸时，令人愉悦的航行就快要结束了。他们要进行野餐的沙滩就在这个狭长的小海湾的一端，这里被长满松树的小山遮挡着。还有其他来游泳和野餐的人们聚在一起，分布在岩石和沙丘旁边。

“先停到浅水区，巴德！”桑迪提醒道，“我们必须在这里抛锚，然后坐着小船划过海湾。”

锚全部抛完了。接着小划艇放在了水面上，每个人都爬了进去，巴德来划船。

当他们接近海岸时，斯威夫特家人和他们的朋友们都在喊着打招呼。他们的几个朋友跑到了水里去迎接。有一个长着罗圈腿的熟人，他带着白色的厨师帽，身穿着一件亮橙色和紫色的充满野性的运动衫，在人群中看起来有些奇怪，不合群。

“乔！”汤姆大喊了一声，巴德也咯咯地笑着。

“乔自告奋勇成为我们沙滩聚会的主厨。”桑迪解释道，“我们都为这次惊喜做了准备。”

“天啊，多么棒的欢迎方式啊！”巴德大喊。

“简直太棒了！”汤姆跟着说。

问候过后，大家便去游泳了，之后又在沙滩上进行了欢快的垒球比赛。后来，快到黄昏时分时，这些饥肠辘辘的野餐者们都围到乔炽热的炉火旁，看着他准备铁板牛排大餐。开胃菜、面包卷、沙拉、冰激凌，还有装满柠檬汁的热水瓶都从各种各样的大篮子里拿了出来。

一个小时之后，正当桑迪在沙滩上散步，她从小海湾向外望去。突然她惊慌地大喊了一声：“我们的双桅纵帆船不见了！”

每个人都张望着，却没有看到“太阳黑子”。难道它拖动了锚？被小偷或者搞恶作剧的人偷走了？

汤姆和巴德一下跳了起来，跑到水边，其他人也跟了上来。双桅纵帆船确实不见了！

来参加聚会的两个男孩——彼德和鲍勃——的船有舷外发动机，就停在不远处。

“过来！开我们的船！”彼德提议，“或许我们能追上你们的船！”

汤姆和巴德感激地接受了这个提议。这四个男孩挤进了船里，启动了发动机，从海湾轰隆隆地出发了。当他们绕着一个点行驶时，巴德看到了一个露着桅杆的，优美的小船在远处渐行渐远。

“我猜那就是‘太阳黑子’！”他满怀希望地大喊着。

彼德加速追赶。当他们追得更近时，证明巴德的猜测是正确的。这艘船正是“太阳黑子”！显然偷走这艘双桅纵帆船的人在用辅助发动机航行。

快艇快速地靠近帆船。汤姆拱着手掌放在嘴边大喊：“喂！停下来！”

没有回应。于是快艇纵身向前跃起，船头露出水面。片刻后，彼德就将快艇开到了“太阳黑子”一侧。掌舵的是一个体形高大的人，惊慌地转过头来。

“是穆斯·威克斯曼！”巴德猜测道。

他和汤姆都跳上了双桅纵帆船的梯子上，爬到了甲板上。

“你们打什么鬼主意——偷我们的双桅纵帆船？”汤姆愤怒地审问着。这个人确实是穆斯。

在两个男孩子指责的目光下，这个体格壮硕的前搬运工目光躲躲闪闪，将船舵让给了巴德，说：“这——这不是我的主意！”

“你的意思是说这船上不止你一人？”汤姆说，扫视了一眼船舱。

“不是，我的意思是这是奥林的主意。”穆斯发着牢骚，“是他雇用我这么干的！”

“奥林！”巴德吃惊地说，“奥林·惠利回到小镇了？”

“是的。”穆斯说惠利又在肖普顿出现了，给了他之前承诺的股票份额。他发现了关于野餐的事情，于是给了穆斯一笔不小的钱，要他在可能的情况下偷走这艘双桅纵帆船，然后把它带到一个隐蔽的小湾。如果一切都按照计划进行的话，奥林会在九点钟到达那里。

“他为什么计划这个？”汤姆冷漠地问。

“这可把我问倒了。”穆斯说，“我需要钱，所以就接了这份工作。这就是我所知道的一切！”

汤姆和巴德都相信了他。对船舱快速地搜查后，确定了没有人藏在里面。汤姆打开了双桅纵帆船的无线电，呼叫企业集团。他将穆斯事情报告给了无线电操控人员，告诉他联系警察。

“告诉他们来这里抓奥林。”

汤姆切断无线电后，便告诉彼德和鲍勃回到沙滩聚会上告诉大家发生的事情。他们答应后，便急速离开了。汤姆和巴德继续掌舵，朝着穆斯将要和奥林汇合的地方行驶。

这个小湾就位于一个深色的阴影里，被柳树遮蔽着。除了森狐和青蛙的叫声外，这里一点声音都没有。九点差一刻的时候，突然有两个蛙人出现在船舷边，穆斯和两个男孩吓了一跳。

“我们是你们叫来的警察。”一个人说。两个人都出示了自己的身份证件，并说他们警察的船只就停在较远处，以避免被奥林发现。

紧急地商量了一番后决定，这两位警察和男孩子们要隐藏在双桅纵帆船的船舱里，而穆斯·威克斯曼还在甲板上。

九点钟的时候，大家隐隐约约地听见划船的声音。“我猜奥林正在朝这里来。”穆斯小声地说。

一阵紧张的时刻过后，船舱内四个人听见在旁边一艘小船的碰撞声。从船舱的入口探头看去，只见奥林爬上了船。他手臂下夹着一个看起来像鞋盒子似的东西。

“我不会待太久。”他向穆斯透漏道，“只是想看看船上的一些东西，然后把这个包裹留在这。你就可以把这艘双桅纵帆船送回去了。”

奥林掏出一个钱包，抽出几张钞票，给了穆物说："给你的1000元。"

汤姆突然听见一个滴答滴答声音。那个声音从那个鞋盒子里传来！他靠近伙伴的耳朵旁边说："是定时炸弹！"

他从隐藏的地方跳了出来，巴德和两个蛙人也跟了出来。

奥林大吃一惊，猝不及防地大吼一声。在他还没来得及反抗时，一名警察就夺走了那个致命的盒子！

第十八章 宇宙飞船

奥林立即被戴上了手铐，汤姆打开了强光手电筒。“现在告诉我们盒子里装的是什么？”一个蛙人严厉地说。

奥林瞪着那些捉拿他的人们。他张了张嘴但是没说一个字。这时滴答声音还是继续响着。

“那好，我就当着你的面打开它。”一个警察接着说，“如果它设置有诡雷的话，那么第一个炸到的就是你。现在给你最后一次机会说。”

奥林还是一句话都没说。一个警察挥动手指示大家都后退，然后小心翼翼地移动盒子上面的盖子。盒子里面有一个钟表装置，它有一个开关，与一块干电池和一支绑着几包炸药的雷管相串联。

“这是一颗定时炸弹。”这个警察表示，“设置的是九点半爆炸。”他给其他人快速地看了一眼，然后就把这个盒子用力丢向远处的水里面。

“呦！”巴德小声地说，“汤姆，你和我还有女孩们差点就炸成碎片了！”

“我还没下船前就可能被炸飞了！”穆斯愤怒地说。突然他暴怒地朝着奥林说：“你个卑鄙的小人，你都没有考虑到我的危险，是不是？”

“哼，闭嘴，你个骗子！”奥林怒骂着，“如果你没有对警察泄密，我也不会步入圈套！”

警察没有阻止他们，让这两个人吵了一会儿——他们想惠利可能会泄露一些他们的计谋。汤姆近距离地看了看这个戴手铐的囚犯，奥林长着细长的眼睛和暗色的皮肤，他不需要伪装就能冒充一个B国人，就像他在餐厅冒充的一样。这个违法者意识到人赃俱获，很快就放松了警惕并自由交谈起来。

“你要在我们的船上找什么？”汤姆逼问着。

“你父亲安装的机器。我看到他把它们带上船，我猜它们一定是有用的。”

汤姆确定奥林说的是万有引力球平衡器，但是他并没有说出这个发明物的名字，因为这可能给这个囚犯提供他所要找的信息。

“你难道还需要定时炸弹偷这台机器吗？”巴德激动地问着。

“我并不想伤害任何人！”奥林高声地坚持说，“我不想让你们发现我拿走了机器。炸弹把船炸飞后，就会销毁我偷盗的踪迹。”

“很有可能连同我们一起炸飞！”巴德瞪着这个囚犯。

汤姆给这两个警察简单说了下这个案件的背景。接着他突然又质问奥林：“现在告诉我们你最开始是怎么和杰克勾结上的！”

“杰——杰——杰克？”奥林的脸色惨白，“我从来没听过这个人！”

“没有？”汤姆的目光闪烁着，“那我猜你也从来没有听过‘海洋战马’吧？”

奥林紧张地舔着嘴唇，不停地矢口否认。汤姆又连续问了几个问题，但是都没有得到更多的信息。

不一会儿，一艘巡逻警轮到达了现场，将奥林和穆斯捕获后转移到警轮上。

汤姆感谢了这两位蛙人警察，其中一人说：“我们将会在总部进一步询问这两个被抓住的人，如果我们获得任何消息，我们上级会告知你们的。”

“如果报告给调查局将会更好。”汤姆建议说，“他们可能会有一些问题问奥林。”

“我们会照办的。”

汤姆和巴德驾驶着“太阳黑子”回到了野餐的地方。在途中，他们谈论起奥林。

“你提到杰克时，他确实看起来吓到了。”巴德评论说。

“是的。我确定奥林是杰克在这个国家的爪牙，并且知道‘海洋战马’的全部事情。”

两个男孩到达海湾时，包括桑迪和菲利斯在内的同伴们接连不断地问了许多问题。汤姆和巴德简要地说了抓获奥林的事情，并没有提及炸弹的事，以免吓到大家。

“真高兴警察逮捕他们了。”桑迪说，“现在我们不用再担心了。”

过了一会儿后，聚会结束了，汤姆驾驶着双桅纵帆船返回了肖普顿。

第二天一早，斯莱特局长就给在企业集团的汤姆打去了电话。“奥林还是不承认他认识杰克。”这位长官说，“但是你会对接下来的新情况感兴趣。我们从国际刑警组织那里得知，杰克确实雇用了一个名字叫奥林的人。这个人很可能就是奥林·惠利。”

“这真是条好线索。”汤姆说，“谢谢你。”

在接下来的几天里，这个年轻的发明家投入到了钻研他的新“帆船”的工作中。每当他对科学新想法充满热情时，他总是这样。他一直专心设计了几个小时都没有休息，最后设计出了它的外形。

当他正在对内部进行设计时，亚弗·汉森根据汤姆的设计制作出了一个小的金属和塑料的模型，展示出这艘新飞船的样子，得到了斯威夫特先生的高度评价。

“爸爸，我设计好了，最多能搭载八个人。”汤姆解说道，“控制室就在最前面，另外的一个隔舱和观察舱就在后面，之间由一个连接通道相连。”

滤过层位于鸡蛋形机身的每一侧和上端，宇宙射线就是通过它被吸收到反应器中的。这个圆环将安装在一个矩形金属降落甲板的正上方，甲板的四个角落有原子能辅助火箭。汤姆接着说，这些火箭会为飞船助力升到地球的大气层之上，以达到宇宙射线足够强的高度，从而控制飞船。

“儿子，如果你的发明试验成功，那么不仅仅降低了宇宙飞行的费用，还为宇宙探险开创了新时代！”

汤姆情不自禁地感到一阵骄傲：“那么您认为我应该制造一艘帆船飞船吗，爸爸？”

“当然了！”

汤姆又说：“如果我要延长换班工作时间让这个项目加速完成的话，您反对吗？”

“不反对，儿子，我认为任何有助于我们国家和人类征服宇宙所取得的进步都一定会被看成是‘紧迫的’！”

汤姆十分赞成这一点，也意识到了自己正肩负着伟大的使命。他立即工作让自己的全新的宇宙飞船的想法成为现实。在费利克斯的指挥下，整个团队实行了全天候的换班制来做这个项目。几天后，这艘飞船就快完成了。

一天下午，乔走进了汤姆的实验室，满怀希望地说：“我想跟你去做太空厨师，可以吗？”

汤姆深情地看了看这个强壮的厨师，回忆起在之前的探险中，他是多么坚强，多么优秀。“当然可以了，朋友！”汤姆笑着说，“你可是我优秀的太空助手之一。”

“太棒了！谢谢你，汤姆。”乔咽了一小口唾沫，他那皮革般的脸自豪地晕着红光，“我已经炖好了一些有营养的食物，并把它们塞进了你设计的牙膏软管里。”

“但是饮品之类的液体，像牛奶、可可还有果汁怎么办呢？”乔接着说。

“带上粉末状的饮品就行。我们需要带的唯一的液体就是水。”汤姆说，“我们要把它装到我设计好的新型饮品袋里。”

汤姆伸手去拉他工作台下面的一个带锁的抽屉，拉出来一个饮品袋。它是由一种有弹性的塑料薄膜制成的，还连接着一支饮水吸管。“当里面的液体被吸出的时候，这个袋子也会跟着收缩——这样就避免了空气带来的麻烦。我想有了它，在失重状态下，就不会发生液体溢出进入鼻子里的情况了。”

最终“帆船”宇宙飞船建成了。汤姆对这艘飞船进行了全面的检查，下令将它运送到费林岛进行试航。第二天一大早，斯威夫特和牛顿两家人便飞到费林岛观看飞船试航。

因为是菲利斯引发的宇宙龙骨的主意，因此她有幸能摇动靠在船体上的用银锡箔包着的瓶子，而且给飞船命名。

“我给它取名为‘宇宙飞船’！”她自豪地说。

大家跟即将出发的人们握手并送上祝福的话语，随后，汤姆、巴德、乔、费利克斯以及挑选出的四个宇航员登上了飞船，封锁了后面的飞船气闸舱舱口。几分钟后，这八位宇航员便半躺着用安全带将自己固定在加速座椅上了。

“开始倒计时！”汉克·斯特林通过无线电说。

点火后，辅助火箭将宇宙飞船从发射台上升起，穿过地球稀薄的大气层。

越过大气层后，汤姆的手紧握着控制杆，调节着原子能火箭所提供的动力。随着飞船向上航行升到太空，重力逐渐消失了。宇航员们在座椅上向上晃动着，但是依然系着安全带。

在地球上空的600千米处，飞船进入了强烈的范艾伦辐射带。在这个区域宇宙射线的强度足够供汤姆利用。

“开始了，伙伴们！”他低声说。

他双手在控制板上灵活地操纵着，因为有过几个小时的模拟飞行演练，他能很轻松地应对。宇宙飞船的表现也很完美！

汤姆利用龙骨来抵消宇宙“风”的力量，向各个方向飞行。接着他便朝着太空方向行进。当飞船升入太空，所有宇航员都欢呼起来。

“尝尝我做的饼干！”乔大声说，“这是我骑过的最温顺的‘太空小野马’了，老板！”

汤姆和宇航员们都很兴奋。但是等到达3000千米的高度时。巴德大声地发出警报。

“汤姆！宇宙飞船‘大脑’失去控制了！”他指着导航仪刻度盘上的飞快摆动的指针说。

“雷达扫描器也出故障了！”操纵雷达的人员大喊道。

汤姆匆忙地检查了飞船的控制板，试着将飞船掉头，然而，它却只转动了20°。龙骨的射线发射器只有部分在工作！

“问题出在哪里呢？”费利克斯问道，“是因为在这部分宇宙射线减少了吗？”

汤姆不能肯定是不是这个原因。考虑到其他电子设备出现的奇怪现象，他说这似乎更像杰克和他的同伙们捣的鬼。难道他升级了一个新的更加厉害的工具来破坏斯威夫特的最新飞船？

汤姆决定回到地球进行一次检查。当下降了大概2000千米时，飞船的电子系统功能又正常了！

汤姆感到困惑，加速了反应器后又飞回太空。几分钟后，射线发射器功能又开始削弱。

“仪器又出毛病了！”巴德报告。

汤姆再一次向下飞行——此时他真的又担忧又失望。但是等到达3000千米高度时，宇宙飞船再一次恢复常态。

“这个难住了我。”汤姆坦言说，“我无法理解是什么——”

他还没说完，突然无线电发出啪啦声。“这里是太空站，呼叫汤姆！……求助信号！求助信号！机长！……这里出现麻烦！我们现在需要帮助！”这些飞行员听到突如其来的求助不知所措。汤姆打开了话筒。

“我是汤姆，呼叫太空站！……发生什么事了？”

对方没有回应。事不宜迟，汤姆驾驶着宇宙飞船朝着太空站的方向迅速飞去！

第十九章 杰克的圈套

时间一分分地过去，大家几乎无法忍耐这种焦虑的等待了。巴德一直都在尝试着联系太空站，可是无线电一直没有动静。

“那些‘草原上的小老鼠’发生什么事情了？”乔焦急地询问着。

汤姆只能摇摇头：“对我来说这也是个谜团，乔，要么就是我们的敌人利用了某种波的作用切断了我们无线电的信号。”

这个想法让其他的宇航员心存一丝希望。但是汤姆的内心还是担心。就算他的推断是正确的，那还是不能解释为什么太空站发出求助。

汤姆的团队乘坐着宇宙飞船快速向上飞行，每个人都很紧张。当接近太空站轨道时，雷达员大声说：“我们就在航线上，我在雷达显示器上找到它了，就在正前方！”

“再试试用无线电联系他们，巴德。”汤姆指挥着。

“这里是宇宙飞船！请讲话！……这里是宇宙飞船！能听到我说话吗？”

还是没有回应。

此时，大家可以透过机舱的可视窗看到太空站了。随着距离的缩短，太空站在繁星闪烁的太空里变得越来越大。

雷达探测显示在那个区域没有火箭飞船，在太空站的入舱口处也没有飞船停在那里。汤姆内心放松了一下。因为至少没有敌人入侵的迹象！

“在旁边停泊。”汤姆告诉了他的宇航员。

与其他的斯威夫特常规飞船有所不同，这个宇宙飞船没有在入舱口处设计安装联结装置。因此，汤姆不得不尽量将飞船移动到停泊的位置。他用手移动了开关，将飞船停在一个看不到的磁流线内，让它与太空站相互吸引住。

“好了，伙伴们！穿上你们的宇航服吧！”他说。

大家一个接着一个从气闸舱舱口走了出来，横穿中间一段距离，大家到了太空站的入舱口。太空站舱门立即被拉开，大家走了进去。

经过太空站气闸舱舱口的内门后，他们发现机舱A内空无一人。

“我的天啊，他们都去哪儿了？”乔说。

话音刚落，通往另一个舱口的门便开了，一个身穿黑色军装的秃头B国人走进来。几个B国人跟随其后，每个人都拿着一把自动手枪。

“你们好，先生们。”他们的头儿礼貌地说，接着露出假装悲伤的微笑，“或许我能回答你们这个问题。太空站的宇航员们已经束手就擒了。那是我的一个手下向你发来的求助信号！”

汤姆和他的伙伴们都僵住了。

“你们是谁？”汤姆冷冷地说。

“简单地说，我们现在是你这个一流的太空站的占有者。”

“是吗？”巴德气愤地说，“那你不会拥有它太久，费林岛一旦发现太空站没有发送适当的检查信号，就会有其他宇航员聚集到这里！”

“他们就会把你们这些卑鄙的马贼迅速地用绳子像绑牲口一样绑起来，速度之快能让你们头晕。”乔又威胁他们一句。

这个B国人撇了撇嘴说：“很抱歉让你失望了，先生。你们的火箭基地不会知道你们的太空站被占领的。你们看，我强迫太空站的宇航员们回到他们的常规联络的岗位上。而且每个人都知道，如果他们企图泄露我们的行迹，他们就会不得好死！”

汤姆和其他宇航员听到他们残忍的话都吓到了。费利克斯恳求他们，但是都没有用。

最后，汤姆冰冷而平静地说：“好吧，现在你们占了上风。你们想要干什么？”

这个秃头获胜般地露齿笑着说：“啊！那么你现在准备理智地面对这个情况了？识时务者为俊杰啊！”

这个秃头随后对他的手下们发布了命令。他们拿出绳子，把这些宇航员的手都绑上了，却单单没有绑汤姆。巴德、乔、费利克斯和其他四名宇航员都被押走，带到了其他监禁的地方。汤姆瞥了一眼机舱的门口，他目测这伙人至少有十几个人。

最后，就剩下了汤姆和那个秃头以及他的三个手下。

“或许，你现在想，为什么你没和他们一起被绑起来。”这个B国人说，“我的朋友，那是因为你被允许离开这儿。我们乘坐一艘火箭飞船来太空站。为了不引起你的怀疑就让它立即离开了。我们想要坐着你的宇宙飞船回到地球，而且由你亲自操控。”

“你怎么就认为我会同意？”汤姆恶狠狠地说。

“难道你想现在就死吗？”这个男人冷笑着说，“我们有三次都想杀掉你，汤姆·斯威夫特——一次是在车祸中，一次是在飞船航行中，还有一次是愚蠢的奥林·惠利在你的游艇上安放炸弹。我向你保证，下一次我们不会再失败！”

“你们为什么这么想杀我？”汤姆冷冷地说。

这个男人眯起眼睛。“你和你的父亲都是成功的科学家。”他咆哮道，“你的成果得到了你们的政府的褒奖。这对

我们的首领来说，这些原因就足够杀你了！”

这个答案让汤姆证实了自己的猜测：他们是哪个团伙的手下。“我知道了。”他说，“你们的首领就是杰克。”

汤姆看到了他的敌人惊讶地互相看了一下，但是没有人说话。

“别不敢说话。”汤姆继续刺激他们，“我们都知道杰克的行动——包括他偷了‘海洋战马’！”

汤姆的话引起了这个B国人的一阵警惕。他们开始议论纷纷，他们的头儿叫他们停止后才安静下来。

“够了！汤姆·斯威夫特！”他厉声地说，“我们要你立即坐你的新飞船离开这里！”为了让自己的话奏效，这个人将枪口对准了汤姆的腹部。

至少有一半的B国人留了下来看守太空站。其他人都和汤姆登上了飞船，他们给汤姆定了一条路线：返回地球。这个秃头坐在汤姆旁边的副驾驶的位置上。他专心地观察着导航仪的表盘，一旦有偏差他就能发现。

当他们扎进地球大气层时，汤姆加速了原子能火箭以减慢下降速度。飞船在大陆上空以极快的速度做弧线运动，接着飞到大西洋上空。当进入一大块云层时，汤姆依然在艰难地音对减速。这个B国人将无线电调到某个频率，发出“嘶嘶”的声着话筒说了几句话。几秒钟后，他们穿越了云层障碍，汤姆倒吸了一口气。

“我的‘海洋战马’！”

那艘被偷的船就停泊在下面的水域，所停的地方就是汤姆、巴德和费利克斯飞来调查的多石小岛的附近！

它的发射台用锁链与船尾相连着，就漂浮在远处。

“它没沉没，感谢上帝！”汤姆心里想着。

他听从了指挥，将飞船停在了发射台上，然后被带上了“海洋战马”。等他走上甲板的时候，有两个B国人狡黠地笑着打招呼。其中一个人说话文雅、长得细高、双眼圆而亮，流露出狡猾的目光。根据汤姆所看过的照片，他认出那个人就是杰克。

“这位，”杰克在自我介绍后说，“是我尊贵的朋友马克船长。”

马克船长看起来大概五十岁，身材矮壮，穿着和其他入侵者一样的黑色制服，但他的衣服上有海军条纹。“他是这艘科学试验船的船长，也就是由你命名的‘海洋战马’。”他补充说着，露出沾沾自喜的笑容。

“你说的是我的船！”汤姆愤怒地破口而出，“你的船都是靠偷的！”

杰克乐呵呵地撇撇嘴，但是他的双眼依然凶狠地瞪着汤姆：“我们还是这样说吧，它现在由我领导的爱国改革集团接管了。我希望你汤姆·斯威夫特能和我们合作。”

“怎么合作？”汤姆回问道。

杰克挥了挥手说：“你负责的部分非常简单。你只需告诉我你最新的太空研究的细节，以及你和你爸爸的其他发明，例如你的斥力装置。而且，你还可以为我们的崇高事业效劳——薪水很高！”

汤姆甚至都没有掩饰他极度厌恶的表情：“成为卖国贼?别逗了！你甚至都没有我想象中的那么聪明，杰克！”

这个人的脸瞬间凝固成冰冷残暴的面具。他只是耸耸肩，看了一眼马克船长，这个人就大声地下了命令。来了两个人抓着汤姆的胳膊，就把他押下甲板，来到了船员的睡铺舱里了。杰克和马克船长也跟随着过来了。

“我们给你12个小时让你清醒。”杰克警告说，“为我们效劳可以保住性命，否则的话，你们全家都在劫难逃！”

第二十章 大胆的计划

杰克的威胁让汤姆感到一阵畏惧。一旦锁在了船舱里，他就没有机会提醒他的家人们有危险了！汤姆感到绝望，时间一秒一秒地过去。

“你怎么这么愚蠢，杰克。”他试着用镇定的声音说，“没有我的帮助，你就没有希望在任何地方获得权力。既然你不得不偷我的‘海洋战马’并占有我的最新飞船，那就说明你自己没有相应科学技术。”

杰克被汤姆的话激怒了：“啊！你认为没有就没有吗？那我们扰乱波的生产器为什么能让你的飞船无法正常运行呢？或者说我们是怎么用人造云和冰山的幻影隐藏住船的呢？你说我们没有？”

“不要和这个年轻的傻子浪费口舌了，阁下！”马克船长怒吼着说，“让他做个生死抉择吧！”

他们的脸再一次像面具一样，这几个B国人都离开了船舱。之后，汤姆便听到钥匙拧动的声音和杰克说话声：“如果你乱动这把锁，汤姆，你就会引发我现在正在开启的逃跑警铃。”

这个年轻的发明家不想接受这个监禁。“我一定要想办法逃出去！”他对自己说。

一瞬间，汤姆脑海里回想到他父亲的一句话：一个真正的科学家不管手边有什么工具，总是能够将它利用起来。

“爸爸说得对！”汤姆想着。

他扫视着这个小船舱。舷窗是打开的，但是汤姆觉得很可惜的是，那个窗户太小，自己挤不出去。一阵冷风吹进，汤姆打了个冷战。

一个想法顿时在他脑海中闪现出来。“海洋战马”是以原子能作为动力的，而且所有的船舱在冷天的时候都是依靠靠近甲板的镍铬板所辐射出的热量供热。

“高安培电流！那正是我所需要的！”但是在还未实行计划之前，汤姆决定还是等到天黑再行动，那样才更加明智。

过了一段时间后，一个船员端着托盘给他送来晚饭。汤姆听到有人开锁的声音就立即在床铺上坐直了身子。

“现在吃饭。”一个人说。

“就放在那儿吧。”汤姆无精打采地小声说。

那个男人耸耸肩便锁上门走了。一个小时后夜幕降临了，夜色笼罩着大海。

汤姆打开了一盏小夜灯，开始工作了。他从自己口袋大小的小工具箱里拿出来了一个工具，用这个工具他将镍铬板上的加热开关拆卸了下来，就露出了里面的电线。

幸运的是，这个传送热电流的粗电线足够松弛。汤姆将加热元件上的连接器弄松，然后将电线从它们的导管中拉得尽量远，直到长度足够伸到门口。

“我不能碰这把锁。”汤姆告诉自己，“那我就不得不从门的折页下手了。”

他握着一根电线碰触门下面的黄铜折页。电流通过折页传导发出了嘶嘶声和破裂声。几分钟后，因为热量黄铜变得很软了，汤姆能够将折页撬开。他又用相同的方式把上面的折页也撬开了。

“哇！”汤姆紧张后松了口气，然后关上了电流，“现在，冒险的时刻开始了。”

他在门和门框之间插入了一片螺丝刀片，将门撬开一个出口，钻了出去。他扫视了下面两个方向的通道，发现都没有人。

汤姆犹豫了一会儿，策划接下来该如何行动。因为是他和他的父亲设计的这艘船，他知道“海洋战马”的甲板下面每一寸的布局。但是如果将这艘船弄坏，让一个敌人都跑不掉的话，他还有时间逃跑而不被发现吗?

“我不得不尝试一下！”汤姆下定决心。

他沿着通道快跑几步来到了舱梯处，悄悄地下了台阶。

几分钟后，他便进入了控电室。汤姆用他那高功率的小型手电筒照亮，从储物柜里拉出绝缘工具。他断开了断路器的电路干线，然后将这条电线的两端夹在了一起。汤姆打开开关后，只听见发动机发出了轰鸣声，紧接着一阵火光，整个屋子弥漫着浓烟。

“那是发动机的开关。”他告诉自己，知道那个短的回路使线圈着火了，“但愿没有人听到轰隆声。”

他静静地在那儿站着，擦去额头上的汗水。汤姆发现没有人察觉，便小心地从船舱里出去，奔向主甲板。此时，只听见气愤的喊叫声和来回走的脚步声。很显然，突然的断电将这艘船置于完全混乱的状态。

“这或许对我有利！”汤姆兴奋地想着。

上方一片漆黑。汤姆能够模模糊糊认清船桥上的几个人影在大喊着，还打着手势，而另外的两三个人正在前甲板上，在黑暗中摸索着。

“越狱时间到了！”汤姆决定。

他赶忙冲到船尾，爬过横栏。他沿着摇摆着的绳子，双手交替着向下移动到发射台。宇宙飞船并没有人看守！

“真是太幸运！”汤姆爬进舱内心里想着。

他启动了发射火箭，坐着飞船飞上了天。汤姆瞥见了一个提灯突然闪现的一道光和在“海洋战马”甲板上跑动的人影。

“再见，我的敌人们。很快我们还会见面的！”

为了到达费林岛，有必要在大气层上空加速，然后按照惯例滑翔下降回到基地。当他想到要节省宝贵的时间时，便焦急万分。他可以冒险通过无线电呼叫费林岛或者企业集团吗？

“太危险了。”汤姆想着。

如果这个信息被太空站的雷达员获取的话，他的朋友在那里可能会遭殃。

汤姆最终达到费林岛时已经接近午夜了。他将自己的经历快速地向汉克·斯特林说了一遍，然后给哈伦·艾姆斯打去电话，哈伦·艾姆斯说他会立即联系政府官员，并联合国际刑警组织一起抓捕海盗。

“我要带领一伙人从这里出发飞往太空站。”汤姆说完便离开了。

整个费林岛基地到处都疯狂地忙碌着，准备发射火箭。半个小时后，汤姆再一次出发。他使用的是宇宙飞船，他确定能糊弄那几个看守在太空站的B国人，让他们以为这艘飞船还被他们占有着。接着飞船降落后，汤姆就设法掌控局面，随他一起来的飞船就会助阵一举击败敌人。

“我真希望这个计划能够成功实施。”汉克严肃地说。

随着飞船逐渐接近太空站，所有人都紧张极了。汤姆知道哪怕是一个失误的行为都会让自己和飞船里的每一个人失去生命。他命令所有宇航员穿上宇航服，把戴着的长手套挡在脸的前面，以防止他们通过望远镜或者太空站的可视窗看出他们来。

“一定要让他们认定我们是杰克的人。”汤姆说。

停下飞船后，他利用喷射气流，经过一段路程来到了太空站的舱口。通过气闸舱舱口后，他们高兴地看呆了。

“机长！”……“汉克！”……“太棒了！”

“巴德！……乔！……怎么回事？”汤姆摘下宇航服头盔，喘着粗气说，“你们是怎么获救的？”

大家兴奋地纷纷解释着。乔说服敌人让他去准备一顿饭。他们也是饿了，想到他一个人也不会做什么事，于是他们就同意了。但是乔将一把刀偷偷塞进了一碗饭里，当敌人把这些饭碗给巴德和其他宇航员送去时，巴德就发现了这件工具。

“那个小贼看到我们都逃出来了，才发现大事不妙！”巴德自豪地说着，“紧接着他就迈进了机舱，在他还没发出声音警告其他人时，我们就跳上去，让他缴械投降了。”

巴德这一伙人就在太空站速战速决，一个一个地制服了其他突击者。他看到宇宙飞船到达时，刚释放完肯·霍顿和在太空站工作的飞行员。

“尝尝我做的太空饼干。”乔说，“当你们出现时，我们还以为我们要再打一小架呢。近距离一看是你们，真是感觉太好了！”

“你以为我们看到你们不开心吗！”汤姆笑着回答说，“你真是个狡猾的老狼，乔！你们其他人也应该得到奖章。”

汤姆迅速地讲述了自己的逃脱经历，然后用无线电与企业集团和费林岛讲述了整个事情的经过。由于来不及通知所有来营救的飞船让它们原路返回，这些飞船一到达太空站，就接受任务将囚犯运回费林岛。

再次回到家时，汤姆和巴德得知了杰克、马克船长以及其他成员的下落。当他们正试图从“海洋战马”上逃跑时，所有人都被海军抓获。发动机已经修好了，飞船已在回家的途中。

“这个团伙的总部在B国。”哈伦最后说，“当地警察正在那里处理相关事务，而一个海军特遣部队被派到太平洋岛屿上对杰克的秘密火箭基地进行排查。”

为了庆祝这一次的胜利归来，桑迪央求汤姆和巴德能带她和菲利斯乘坐宇宙飞船游玩。最终飞离地球升空时，两个女孩都兴奋不已。

“汤姆，这太棒了！”菲利斯欣喜若狂地说，“这里——嗯，这里简直是世界之外！”

汤姆笑了，想到自己完成了经济的太空旅行和太空飞行训练的目标感到快乐。另一个发明此时在他脑海中已经逐渐成形。他渴望现在就能去工作，将这个想法付诸实践！

但是现在他对菲利斯说：“因为是你启发我，让我有了太空龙骨的灵感，而带你们来一次观光巡航，都还不够感谢你！”

飞船在高空之上平稳地飞行着，巴德咯咯笑着说：“让我们直接冲向下一个星系吧！”